KB105092

칭기즈칸과 몽골 민족에 대한 연작 소설

테무친 대초원의 아들
TEMUĜIN, LA FILO DE LA STEPO

티보르 세켈리(Tibor Sekelj) 지음
장정렬(Ombro) 옮김
뚜어얼군 그림

저자 소개

티보르 세켈리(Tibor SEKELJ (헝가리 표기법으로는 Székely Tibor: 1912-1988)는 당시 오스트리아-헝가리 나라의 스피쉬스카 소보타(Spišská Sobota)에서 출생해 유고슬라비아 수보티카(Subotica, Vojvodino)에서 별세했다.

1930년 에스페란토에 입문했다. 헝가리 출신의 유고슬라비아인으로 세계시민이자 언론인, 연구가, 작가, 법학자, 에스페란티스토로 다양한 분야에서 괄목할 성과를 냈다.

그는 남미, 아시아, 아프리카를 탐험하였다. 그의 탐사의 가장 중요한 목적은 인간 심리의 근원을 밝히고 이해함에 있었다. 이 선구자가 걸어온 길은 실로 다양하고, 실천적이었다.

자신이 태어난 나라와 주변의 언어를 이해함은 물론이고, 25개 언어를 배워 그 중 영어, 프랑스어, 에스페란토 등 9개 언어에 능통했다. 1986년 에스페란토 아카데미 회원이 되고, 세계에스페란토협회 명예 회원이기도 하였다.

칭기즈칸과 몽골 민족에 대한 연작 소설

테무친 대초원의 아들
TEMUĜIN, LA FILO DE LA STEPO

티보르 세켈리(Tibor Sekelj) 지음
장정렬(Ombro) 옮김
뚜어얼군 그림

진달래 출판사

(에스페란토판 표지(1993년)

역자 장정렬 (Jang Jeong-Ryeol(Ombro), 1961~)

경남 창원 출생. 부산대학교와 한국외국어대학교 경영대학원을 졸업했다. 한국에스페란토협회 교육이사, 에스페란토 잡지 La Espero el Koreujo, TERanO, TERanidO 편집위원, 한국에스페란토청년회 회장 등을 역임했고 에스페란토어 작가협회 회원으로 초대되었다. 거제대학교, 동부산대학교에서 10년간 초빙교수를 마치고 현재 한국에스페란토협회 부산지부 회보 TERanidO의 편집장이다. 세계에스페란토협회 "올해의 아동도서" 선정 위원이기도 하다. 역서로 『정글의 아들 쿠메와와』, 『세계민족시집』, 『파드마, 갠지스강가의 어린 무용수』, 『마르타』, 『꼬마 구두장이 흘라피치』 등이 있다. (suflora@hanmail.net)

목 차

독자 여러분께!
정말 기쁘게도 저는 독자 여러분께 인사 드립니다. 왜냐하면, 독자 여러분은 제 남편 티보르 세켈리(Tibor Sekelj)의 청소년 소설 중 셋째 작품을 여러분 손 안에 들고 있어, 여러분은 행운이라고 할 수 있습니다.

만일 이 책이 여러분이 읽는 티보르 세켈리의 첫 작품이라고 한다면, 작가의 가장 유명소설 『정글의 아들 쿠메와와』가 2012년에 이미 한국어판으로 실천문학사에서 번역 출간되었음을 알려 드립니다. 이 작품은 남미 아마존 원시림에 사는 인디언 소년 쿠메와와가 그 아마존 지역에 유람선이 좌초되어 어쩔 줄 몰라 하는 40명의 승객 생명을 구해준 이야기입니다. 꼭 한 번 읽기를 추천합니다.

그리고 올해 6월, 작가의 또 다른 청소년 소설 『파드마, 갠지스강가의 어린 무용수』의 한국어판이 진달래 출판사에서 발간되었습니다.

이 작품의 중심에는 인도 소녀 파드마가 있습니다. 무용수를 꿈꾸는 파드마를 통해 우리는 인도 사람들의 삶과 생활 관습을 만날 수 있습니다. 자신의 꿈을 향해 한 걸음 한 걸음씩 나아가는 주인공을 만나 볼 것을 권합니다.

연이어 7월, 독자 여러분은 작가의 셋째 작품 『테무친 대초원의 아들』이 한국어판으로 진달래 출판사에서 출간되었습니다.

　이 작품의 주인공 테무친 -나중에 몽골 제국의 칭기즈칸이 됨- 의 험난했던 청소년기를 슬기롭게 극복해 가며, 주변의 여러 부족과의 협력 과정을 그리고 있습니다.

　이 세 작품 모두 국제어 에스페란토에서 한국어로 번역되었습니다.

　이 작품들을 한국어로 번역해 주신 장정렬(Ombro) 선생님께 그분의 헌신적인 노력에 감사드립니다. 또한, 저는 이 작품을 출간할 가치가 있다고 채택한 진달래 출판사 오태영(Mateno) 대표님께도 고마움을 전하고 싶습니다. 새로 출발하는 진달래출판사의 출판 활동이 많은 성과를 이루기를 기원합니다.

　끝으로, 독자 여러분께도 이 책을 선택해 주셨음에 축하를 드리고, 즐거운 읽기가 되기를 기원합니다.

2021년 7월 13일
엘리자베스 세켈리

동박새 잡고, 갈치를 잡던 흑산도 소년과도 닮았던 어린 시절의 테무친

박연수 박사

칭기즈칸의 삶을 소개한 『테무친 대초원의 아들』은 독자 여러분을 흥미진진한 몽골 대초원으로 초대합니다. 칭기즈칸이라는 위대한 인물의 청소년기는 우리 독자에게 스스로의 삶을 개척해 나가는 거울이 되게 합니다.

나는 오랜 벗인 에스페란티스토 장정렬 교수가 번역한 이 작품 『테무친 대초원의 아들』을 청소년 여러분께 적극 추천합니다.

내 어린 시절을 되돌아보게 한 『테무친 대초원의 아들』을!

이 작품 『테무친 대초원의 아들』을 처음 대해 보니, 나의 어린 시절 두 가지 -산에서 동박새 잡던 일과 바다에 나가 갈치 잡던 일- 가 떠올랐습니다.

몽골의 영웅 칭기즈칸의 어린 시절 이름은 테무친입니다.

테무친은 자신이 정혼녀를 위해 정혼녀가 속한 부족에서 살고 있던 동안, 그 시절에 아버지를 여의었습니다.

나는 10살 때의 일을 절대 잊지 못합니다.

...정확히는 초등학교 4학년 때다.

아버지가 갑자기 세상을 떠나셨다.

장례를 마친 나흘째부터 집안의 적막함이란 참으로 두렵고 무서웠다. 누구나 마찬가지이지만, 어린 사내에게 아버지란 태산과 같은 존재이다. 전라남도 신안군 흑산도의 100가구가 채 안 되는 작은 어촌마을 사리라는 곳에서 자라던 내게는 그 시절이 정말 감당하기 힘든 시절이었다. 매일 밤, 매일 밤 무서운 꿈을 꾸었다.

밤에 방문을 열고 들어올지 모르는 도깨비에게 문을 열어주지 않으려고 그 문고리를 잡고 매달려야 했던 어린 시절.

그 악몽 같은 시절은 뭔가에 홀린 것 같기도 하고, 다른 무언가에 집착하게 만들었나 보다.

동박새 잡던 이야기

초등학교 학창 시절이 재미가 없었다. 공부도 머리에 들어오지 않고, 친구들과 어울려 노는 것도 금방 싫증이 났다.

그래서 나는 옆집 형에게 달려갔다.

그 형에게 새 잡는 방법과 새를 기를 새집을 대나무로 만드는 법을 배웠다. 열심히 배우고 또 배웠다. 감탕나무 껍질을 벗겨, 이를 찧고 물에 거르기를 수십 번하였다. 그러면 그 껍질이 마치 껌과 같은 상태가 된다. 이를 감탕이라고 한다.

나중에 커서 사전을 한 번 살펴보니, 감탕이란 곤죽같이 된 진흙이나 새를 잡을 때나 나무쪽을 맞붙일 때 쓰는 각종 풀과 송진을 같이 끓여서 만든 물을 말하는데, 옛사람들은 감탕나무에서 나오는 *끈끈한* 진액으로 조류를 잡기 위한 *끈끈이* 덫을 만들어 사용

했다고 한다. 끈끈이로 썼던 감탕을 얻을 수 있는 나무라는 뜻에서 그 감탕나무 이름이 유래했다고 한다.

나는 그렇게 만든 감탕을 나뭇가지에 입혀, 동박새가 다니는 길목에 그 나뭇가지를 놓고서, 자리 잡았다. 그리고 나는 집에서 키우던 다른 새 한 마리를 가져와, 그 옆에 두고서, 그 새가 울게 놔둔다. 그러면 야생의 동박새들이 찾아온다.

아마 그 동박새도 친구를 찾아 날아온, 나처럼 외로운 새였을 것이다.

이제 새가 다니는 동백나무 길목에 감탕을 칠한 나뭇가지를 걸어 놓고 기다리기만 하면 된다. 그러면 빠르면 10분 이내에 어디선가 동박새가 그 나뭇가지로 날아든다. 그러면 내가 손으로 그 동박새를 붙드는 일에 성공한다.

나는 그렇게 여러 마리의 야생 동박새를 산 채로 잡아 와, 동네 친구들과 남동생에게 나눠주고 또 몇 마리는 집에서 기르곤 했다.

그 후 시간이 흘러, 고등학교 2학년 때 자연보호라는 단어를 알게 되고, 심지어는 자연보호라는 주제로 교내 웅변대회에 나가기까지 했다. 운명의 장난처럼 자연을 친구삼아 소중한 생명이었을 야생 동물에게 만행을 저질렀던 어린 시절의 행동을 처음으로 반성하는 시간이 되었던 것 같다.

갈치 낚시를 했던 이야기

그랬다. 나는 어릴 적 힘들고 외롭게 성장했기에 어딘가에 집착해야만 했다고 동박새 잡는 이야기를 하면서, 말한 바 있다. 내게는 동박새 잡는 일과 바다에 나가 물고기 낚시하는 일에 전력을 쏟은 이상한 섬마을 아이로 성장해갔던 것 같다.

내게는 친구와 사철 따라 다른 물고기 잡는 일은 훨씬 신나고 재미났다.

아버지가 부재한 어린 내게 마음 한구석엔 바다에서 나는 생선을 잡아 오면 가족들의 반찬거리가 되는, 아주 큰 생산적인 일인 것은 틀림없었다.

여름이 끝나고 초가을로 접어들면, 우리 동네 앞바다에 갈치가 떼로 몰려오는 시기이다. 그때를 알고 있던 노련한 동네 형이 있었다. 형과 나는 우리가 사는 섬의 앞바다로 작은 배를 노를 저어가서는, 그곳에서 하루 평균 100마리나 되는 갈치를 낚시로 낚아, 늦은 밤이 되어 귀가한다.

특히 이빨이 날카로운 갈치는 사람들이 낚아 올리자마자, 곧 단숨에 사람의 이로 갈치 머리를 꽉- 깨물어 기절시켜야 하는 기술은 그때 그 형을 통해서 배웠다. 그러지 않으면 낚시를 하는 내가 다친다.

물론 형이라고 해봐야 1년밖에 차이 나지 않는 친구 사이였다 (그 친구는 나중에 부산에서 홍어 횟집을 운영했다).

내 입안에 온통 갈치 비린내가 진동했지만, 그땐 마냥 즐겁고 행복하기만 했다....

내 고향 흑산도는 홍어가 유명하며, 우리나라 최초의 수산학 관계 서적인 『자산어보』의 저자 정약전 선생의 유배지로 또한 유명합니다.

누구나 좋은 추억이든 슬픈 추억이든 가끔 생각하면 웃다가 울기도 합니다. 만고의 진리처럼 인간은 누구에게나 성장 과정에서 아동기든 청소년기든 어른이든 외롭고 힘이 드는 때가 있고, 이를 극복한 추억이 있습니다. 추억은 자신의 내면을 튼튼하게 살 지우고, 강인한 어른이 되게 합니다. 지금은 인터넷이 발달한 시대에 살고 있어, 그 옛날의 고향 친구들과는 실시간 사회소통 네트워크(Social Network Service)로 대화하며, 추억 여행을 함께하고 있습니다.

그래서 지금 행복이 무엇인지 아는 지식이나 지혜를 가진다면, 성공으로 가는 삶이 아닐까요?

그러고서, 한 세대가 지나, 그런, 늘 미래가 불안했던 그 소년이 이제 성인이 되어, 박사 학위를 취득하고, 동서대학교 겸임교수로, 글로벌 시장을 누비는 비즈니스맨으로, 또, 17개국을 방문해 국위를 선양하는 민간 외교관으로 한국수입협회 부회장직을 수행하고 있습니다.

만사 철들 때가 있나 봅니다.
다시 저의 어린 시절의 추억을 불러낸 『테무친 대초원의 아들』을 통해 청소년 독자 여러분이 자신의 어린 시절과 앞으로의 자신의 삶을 개척할 수 있는 지혜를 갖기를 바랍니다.

铁木真
大草原的儿子

［塞尔维亚］迪波尔·赛凯尔　著
于建超　译
多尔衮　插画

新世界出版社
NEW WORLD PRESS

*(중국어판 표지)<테무친 대초원의 아들>
(2019년, 위지엔차오 번역, 뚜어얼군 그림, 신세계출판사)

1. 몽골의 비밀 역사

몽골의 티베트 불교 옛 사찰 에르데니주[1]는 지리적으로 어느 도시에서도 멀리 떨어져 있고, 대초원 지대에서도 내지에 속해 있었다. 그 사찰을 방문하려는 나의 염원은 실현 불가능한 것처럼 보였다. 울란바토르시[2]에서 출발해도, 또 다른 도시에서 출발해도 마찬가지였지만, 그곳으로는 자동차 여행이 불가하다고 했다. 이런 계절에, 특히, 요 며칠간 산악지대에 비가 그치지 않아 강물이 불어나 있다고 했다.

"못 갑니다. 어느 여행 안내자도 선생을 그곳으로 안내하는 것을 반기지 않을 겁니다. 오늘 같은 시점에는 특히 강물이 불어나 있어요. 더구나 건널 다리도 없다는 것을 모두가 알고 있으니까요."

내 친구 치미드수렌이 정말 확신적으로 말하였다. 그 말에서 그의 진지함과 진실성은 의심할 여지가 없었다. 그러나 나는 그리 쉽게 포기할 수 없었다.

"그럼, 당신 얘기로는, 그 사찰이 온전히 우리가 사는 세상과는 고립되어 있다는 말인가요? 만일 그 안에 사는 사람이 울란바토르에 급한 방문 일이 생기면 그 사람은 어찌해야 하나요?"

"그건, 다른 이야기입니다. 선생이 정말 알아 둬야 할 것은, 우리 몽골사람은 제각기 작지만 빠르고, 아주 참을성 있

---

1)＊역주: Erdeni-dzu: 1585년 건립된 라마 사찰(불교사찰)
2)＊역주: 울란바토르는 몽골의 수도. 그 명칭의 뜻은 몽골어로 '붉은 영웅'이란 뜻이다. 면적은 4,704.4km², 인구는 130만 명(2020년 추계).

는 조랑말을 이용해 이동한다는 것입니다. 그 말들은 쉽게 물을 건너고 때로는 강물이 불어난 곳에서도 헤엄도 잘 쳐서 건너가지요. 분명히, 또 알아야 할 것은, 외국 사람은 우리가 이용하는 조랑말을 쉽사리 탈 수 없다는 것입니다. 그 말은 간단히 외국인을 자신의 말안장에 앉는 걸 허락하지 않기 때문이지요. 외국인이 그 말을 시험 삼아 타보려다 한 번 땅에 꼬꾸라져 보면, 다시는 그 말을 타고 싶은 마음이 생기지 않아요."

그건 그렇다. 그 정도는 나도 알고 있다. 그러나 나는 그 조랑말이 자신의 등에 탄 사람이 몽골사람인지 외국 사람인지 어떻게 구분하는지에 대해서는 확신이 서지 않았다.

말과 함께 생활한 지나온 세월의 수많은 경험이 내 머리에 잠시 스쳐 지나갔다.

나는 짐승을 좋아한다.

특히 말 짐승을 좋아한다.

내가 보기엔, 그런 말들도 자신을 내가 좋아하는 것을 느꼈다고 여겼다.

사람과 짐승의 관계에 있어서, 내가 우호적으로 대했기에, 그 짐승도 나를 똑같은 방식으로 대했다고 여기고 있다. 즉, 모든 다른 이동 수단이 없던 시절에는, 내가 말이 필요한 시점이면 언제나 그 말은 나에게 대단한 관용을 보여주었기 때문이다.

그런데 지금은 왜 안 된다고 하는가?

"여보게, 친구, 내게 좋은 생각이 있어요," 나는 친구인 치미드수렌에게 말했다. "내가 당신네 조랑말에 타는 데 성공하면, 당신이 에르데니주 사찰로 함께 가 주겠어요?"

"그런 경우에는 기꺼이 가지요. 그리고 내일 당장이라도, 선생이 원한다면."

다음날, 해가 뜨자마자, 어제 우리가 서로 동의하고 약속한 대로, 나는 내가 머문 도시의 도로가 끝나는 곳인, 넓고 끝없는 대초원이 펼쳐지는 곳에서 나의 동행자 치무드수렌을 다시 만났다.

내 친구가 자신의 조랑말에 올라탄 채로 기다리고 있었다.

그러면서 그는 자신의 옆에 또 다른 조랑말 한 필의 고삐를 자기 손에 쥐고 있었다.

나를 보더니, 그는 말없이 그 조랑말 고삐를 내게 넘겨주었다. 잠시 나는 주저하면서 멈추어 섰다.

그때 나는 호주머니 안에 미리 준비해둔 각설탕 2개를 꺼내, 내가 탈 조랑말인 도라트 -나는 그 말이 어두운색의 피부를 가져 그렇게 이름을 지어 불렀다- 에게 먹여주었다.

그러자 단숨에 도라트는 내 손바닥에 보인 그 각설탕을 먹어치웠다. 그 말이 그만큼 게걸스럽게 맛있게 먹어치우자, 이게 말 대접에는 최고겠구나 하고 나는 생각했다. 그래서 내가 각설탕 두 개를 또 내밀자, 도라트는 그마저도 순식간에 먹어치웠다.

내가 보기엔 그런 과정이 그 조랑말과의 친교로 가는 첫걸음으로 여겨, 그 과정까지는 성공한 듯 보였다.

내가 도라트의 이마를 한번 쓰다듬어 주어도, 그 말은 저항하지 않았다. 내가 그 말의 목덜미까지 쓰다듬어 주는 것도 받아 주기조차 했다.

이제 내가 행동할 때가 되었다고 여겼다. 그래서 나는 말 안장에 달린 등자에 내 발을 들이밀고는, 말안장에 올랐다.

그런데, 도라트와 나 사이에 우정이 확고해졌다는 생각은 내가 아직 할 처지가 아니었다.

그래서 나는 다음에 무슨 일이 벌어질지는 생각조차 해 보지 못했다.

도라트가 갑자기 자신이 딛고 서 있던 뒷발을 높이 한 번 차서, 자신의 몸을 일으켜 세우자, 나는 그만 그 말의 말안장에서 50㎝ 정도로 솟구칠 정도로 붕- 떠 버렸다. 순간, 나는 손에 잡고 있던 고삐를 그만 놓쳐 버렸다.

그래서 나는 내 두 손으로 말안장을 더 세게 붙잡고, 내 두 다리에 온 힘을 다해 나의 이 빌어먹을, 혼비백산하게 만든 이 수컷 조랑말의 배에 내 온몸을 세게 들여 붙여, 떨어지지 않도록 해야 했다.

도라트가 그래도 자신의 등에서 내가 잘 버티며 그렇게 자신을 잡고 있음을 알아차리고는, 한 번 더 심술을 부려 어떻게 해서라도 나를 사방으로 떨어뜨려 놓을 기세였다.

말이 이번에는 자신의 앞발굽을 힘껏 치켜들더니 자신의 몸을 수직으로 세우면서 자기 몸을 한 번 비틀어 버렸다.

그 순간 나는 도라트의 목을 더욱 세게 껴안는 것 말고는 할 수 있는 일이라고는 없었다. 그러고는 도라트는 나를 떨어뜨릴 목적으로 이곳저곳으로 자신의 머리를 흔들면서 날뛰기를 계속했다. 말안장에 달린 등자에서 내 발바닥이 미끄러져 빠져나간 순간에도, 나는 내 두 손으로 그 녀석의 목을 꽉 붙잡고 있었다.

그렇게 매달린 채, 나는, 어쩌다가, 내 친구 치미드수렌을 한 번 쳐다볼 수 있게 되었다.

그는 자신의 암갈색 조랑말 위에서 태연하게 앉아, 우리가 서로 싸우는 광경을 조용히 보고만 있었다.

나는 내 친구가 나에게 호의적인지, 아니면 자기 종족의 위엄을 끈질기게 지키려는 것에 호의적인지, 또 그 조롱말 위에 몽골사람이 아닌 다른 민족 사람이 올라타는 것을 허락하지 않으려는 그 몽골 조롱말에 호의적인지 구분이 되지 않을 정도였다.

그렇게 몇 분간 그 말과의 투쟁은 정말 나에게는 영원처럼 느껴졌다. 필시 도라트도 비슷하였으리라. 왜냐하면, 갑자기 그 말이 거친 숨을 내쉬고, 땀을 흘리면서 이제는 자신의 네 발로 자기 몸의 자세를 낮추었기 때문이었다.

나는 이 말이 지쳐 있는 이 순간을 기회로 삼기 시작했다.

나는 이제 말고삐를 다시 챙겨 단단히 짧게 잡고, 그 말이 자신의 고개를 거의 움직이지 못하게 했다. 또한, 나는 내 등자에서 빠진 내 발을 그 녀석의 등자에 다시 끼워 넣는 데 성공하고는 그 녀석의 배에 내 구두 뒤축을 이용해 박차를 가했다.

그러자 그 말은 순간 다시 한번 좀 더 높이 자신의 몸을 치솟다가, 자기 입마개 때문에 강한 압박을 다시 느끼자, 이로 인한 아픔으로 뒤로 물러섰다. 그때 나는 다시 한번 세게 그 말에게 박차를 더했지만, 이번에는 그 말 고삐를 조금 느슨하게 해 주었다.

이제 내가 탄 말이 내달리기 시작했다.

치미드수렌도 내가 탄 말을 뒤따라 달려왔다.

그러나 처음에는 내가 탄 말이 그렇게 빠르게 내달리자, 내 친구의 말이 내 말을 따라잡을 수 없을 정도였다.

그제야 도라트와 나 사이에 우정이 생겨나, 그 우정은 확고부동해진 것 같았다.

그 뒤로는, 그 조랑말은 차가운 강을 건널 때도, 높은 대초원에서 풀을 자유로이 뜯어 먹을 때에도 늘 내 곁을 지켜 주었다.

나는 내 친구 치미드수렌이 예전부터의 알고 지내던 사람인 쩨쩬도르조의 유목 장막3)에서 하룻밤을 지냈다. 그분 장막은 가죽과 천으로 만든 둥근 텐트였는데, 대초원의 한 가운데 외로이 자리하고 있었다.

주변의 목초지에는 청년들이 방금 몰고 나온 가축을 돌보고 있었다. 여기에는 말도, 소도 있고, 봉이 2개인 낙타도 있고, 양도 있고, "야크" 물소 -추운 아시아 초원에서 살아가는, 긴 털을 가진, 몸집이 그리 크지 않은 소의 종류- 도 있었다.

쩨쩬도르조의 아내는 머리에 깨끗한 하얀 수건을 두른 채, 낮고 조그만 세 발짜리 의자에 앉아 암말 젖을 짜고 있었다.

---

3) *역주: 수천 년 동안 몽골의 유목민은 계절에 따라 초원 지역을 이동하며 생활했다. 게르라고 부르는 유목 장막은 몽골 유목민들이 운반하기에 가볍고, 접고 포장하고 조립하기 쉽게 유연하다. 또 여러 차례 분해하고 조립할 수 있을 정도로 튼튼하며, 내부에서 온도를 쉽게 조절할 수 있도록 설계되어 있다. 어른 두세 명이 있는 작은 가족이라면, 이 게르를 30분 이내에 분해하고 1시간 이내에 조립할 수 있다.

젖을 가득 채운 물동이 2개가 그녀 옆에 놓여 있었다.

그 젖으로 그녀는 나중에 요구르트와 비슷한, 몽골사람들이 좋아하는 음료수인 마유주를 만들 것이다.

장막 주인 쩨쩬도르조는 우리를 낮고 장방형의 출입문을 지나 장막 안으로 들어오게 한 뒤, 장막 안의 화로가 놓인 자리의 왼편으로 안내하며, 장막을 배경으로 배치된 벤치를 가리키며, 그곳에 우리더러 앉으라고 권했다.

우리는 그곳이 이 장막에서 영예로운 자리임을 알았고, 그곳에 앉고는, 머리를 깊이 숙여 절을 하며, 그의 배려에 고마움을 표시했다.

곧 안주인이 들어 왔다.

그녀는 우리에게 장막 한가운데 불 위의, 천장에 매달려 있는 솥에 차를 끓여 그 차를 내놓았다. 약간 짠맛의 그 차는 주요 내용물이 흰 우유이지만, 함께 끓인 양고기 기름이 섞여 있었다. 처음에 나는 그 차를 마시기가 어려웠다.

그러나 지금은, 이미 그 차에 익숙해, 인상을 찌푸리지 않아도 그 차를 마실 정도가 되었다.

내가 인상을 찌푸리면 그게 이 집 주인의 마음을 상하게 할 수도 있다. 나는 이런 차를 마실 때, 그 차의 3분의 1 정도는 남겨야 함도 배울 수 있었다. 왜냐하면, 내가 그 차를 전부 마셔버리면, 그분들이 차를 다시 채워주니까.

치미드수렌과 쩨쩬도르조는 정중하고 낮은 소리로 대화를 이어갔다. 내 친구 치미드수렌이 몽고 야생의 조랑말을 처음 타보던 때 내가 겪은 일을 이야기해주자, 주인인 쩨쩬도르조는 유심히 들으면서, 말끝마다 미묘한 놀란 표정으로 "정말

요?", "바로 그런 일이 있었나요?", "잘 했네요!" 라는 말
을 해가며, 이 지역의 풍습대로 추임새를 넣어 주었다.

우리는 푹신한 천으로 된 바닥 깔개와 양털 위에서 몽골
고유의 이불을 덮고 하룻밤을 보냈다.

다음 날 아침이 되자, 나는 우리를 재워준 그분들과 작별
하고 대초원으로 달려갔다.

내가 본 그 순간의 대초원은 어디에도 시작이 없고, 어디
에도 끝이 보이지 않는 듯이 보였다. 맑고 파란 하늘이 구름
한 점도 없이 다정하게 우리를 에워싸고서, 아주 큰 원형 대
형으로 지평선과 연결되어 있었다.

오후 나절에, 우리는 나룻배를 이용해 격류의 오르혼강4)을
건너가야 했다. 만일 우리가 그 나룻배를 발견하지 못하였더
라면, 우리가 말 등에 올라탄 채로, 우리 허리까지 물에 젖
은 채로 그 강을 건너야 할 처지였다.

강을 건넌 한 시간 뒤에서야, 우리 앞의 지평선에서 지붕
이 여럿 보였다. 곧이어, 어떤 건물을 중심으로 펼쳐진 성벽
이 보였다.

나는 내 친구를 바라보며 눈짓으로 물었다. 그는 웃는 표
정으로 고개를 끄덕였다.

"여기가 바로 에르데니주!"

"우리가 일찍 도착했네요!"

"만일 우리 조랑말이 선생의 뜻대로 잘 움직여 주면, 선

---

4) *역주: 오르혼강은 몽골의 강으로 셀렝게강의 지류다. 상류 가까이에는 몽골 제국
의 옛 수도였던 카라코룸이 있었다.

생은 어디라도 빨리 다다를 수 있지요. 그런데 만일 악동 같은 말을 만나면, 선생은 그 여정의 끝이 보이지 않을 겁니다." 그렇게 치미드수렌은 말했다. 그리고 나는 온전히 그의 말에 동의했다.

사찰의 묵직한 목재 대문을 한참 두들겨, 우리는 그 사찰에 들어설 수 있었다.

그 사찰은 높은 성벽으로 둘러싸여 있고 관측초소도 여러 군데 있고, 초록 기와지붕을 가진 건물도 여러 채 있었다.

지붕들에 오후 햇살을 반사하고 있는 그 풍광은 수수한 사찰 환경에 위엄스러운 장관을 연출하고 있었다.

여기저기서 라마승 스님들이 갈색이나 붉은 목도리로 휘감은 채, 서두르지 않은 발걸음으로 어느 건물에서 나와, 다른 건물을 향해 걸어가고 있었다.

이곳 사찰의 도서관을 이용하려면, 허가증을 받아야만 했다. 나는 그 허가증을 받았다. 나는 라마 사찰의 도서관 직원의 안내를 받아 그곳 도서관 안으로 들어섰다.

그는 나에게 셀 수 없을 정도로 많은, 서가 위에 잘 정렬된 책들이 말하는 바를 설명해 주었다.

"그런데 『붉은 연대기』, 다른 말로는 『몽골의 비밀 역사』5)라는 책이 있는 곳은 어딘가요? "

---

5) 『몽골의 비밀 역사』(몽골 비사)는 흔히 중국의 원대에 몽골어본이 완성되고 명대에 한어로 번역되었다고 추정하는 몽골의 역사서로, 원조비사(元朝秘史)라고도 불린다. 몽골의 현존하는 가장 오래된 서적 중 하나로, 1227년 칭기즈칸 사망 이후 얼마 안 되어 기록되고, 14세기 말 명대에 원조비사(元朝秘史)라는 이름의 한문본으로 번역되었다.

내가 좀 떨리는 심정으로 물었다.

왜냐하면, 내가 에르데니주에 온 목적이 바로 그 책 때문이었기에, 그 책을 못 볼까 걱정이 되었기 때문이었다.

라마승 스님이자 도서관 직원은 말없이 어느 서가에서 책 하나를 집어, 그 책을 나의 두 손 위에 놓아 주었다.

몽골의 여느 책처럼, 이 책도 묶지 않은 개별 책장들로 구성되어 있었다. 그 책은 두 개의 두툼한 표지로 되어, 이것들을 매듭으로 묶어 두고 있었다. 표지가 붉어, 그 때문에 이 책은 때로는 『붉은 연대기』로 이름이 불린다고도 했다.

탁자에 앉아서, 나는 한동안 내 두 손으로 힘껏 그 책을 잡고 있었다. 나는 평소와는 다른 감동에 잠겨 있었다.

라마승 스님이자 도서관원은 이미 세 번이나 나에게 강조하기를, 내가 들고 있는 이 책이 원본은 아니라고 했다.

그러나 그가 그렇게 끈질기게 강조해도 내겐 소용이 없었다. 내게는 울란바토르시에서 이틀이나 말을 달려, 몽골 대초원의 한 가운데, 에르데니주 티베트 불교사찰에서 내 손에 지금 잡은 이 책이 원본이 아닐 수 없었다.

지난날 학자들이나 몽골 문학 전문가들이 이미 이 도서관의 모든 책을 샅샅이 살펴, 몽골 문학의 정수인 『붉은 연대기』, 다른 말로는 『몽골의 비밀 역사』를 찾으려고 했다.

그런 연구 과정을 통해, 결국, 이곳에 비치되었던 그 책 원본이 이미 수 세기 전에 사라졌음을 알게 되었다.

내가 손에 들고 있는 이 책은 그 뒤 많은 세월이 지나, 다시 만들어졌으며, 그것은 다양한 언어로 번역되어 있었다. 내가 들고 있는 이 책은 겨우 삼사 백 년 정도의 역사가 있을 뿐이다.

그러나 이 순간에 나에겐 그 점은 중요하지 않았다.

나는 때로는 세게, 때로는 섬세하게 이 책의 붉은 표지를 어루만져 보았다.

그 이유는 이 책이 가진 역사성 때문이 아니라. 이 책에서 나를 매료시킨 어떤 소년의 믿기지 않는 운명 때문이었다.

그 소년은 자신의 강한 염원과 능숙함과 집념 덕분에 자신이 태어나기 이전에는 한 번도 없었던 일을 만들어 냈다.

그 소년이 나중에 커서, 이 세계에서 가장 넓은 영토를 가진 제국의 군주가 된 것이다.

나는 그 책을 열어 보았다.

50cm의 길이로 된 낱장들로 이루어진 책장과 손바닥을 펼친 정도의 폭을 가진 그 책은 이젠 그 오랜 세월의 보관으로 책장의 색이 바래, 노랗게 탈색되어 있었다. 옛 몽골 서체로 써진 이상한 글자들이 노란 책장마다 작고 이상한 뱀처럼 미끄러져 그려져 있었다.

이 나라 글자들을 이해할 줄 아는 사람에게는 이 글들이 이 오래된 신비한 역사를 말하고 있음을 알게 된다.

하지만 나는 이 책을 읽을 줄을 모르니, 그 내용은 나에겐 모른 채 남아 있어야 했다.

그러나 내가 보여준 열정은 이곳을 안내해준 그 라마승 스님에게 전달되었다.

그래서 그는 나를 위해 특별히 그 책 내용을 -아시아의 가장 먼 곳에 살았던, 가장 특별한 한 거인의 삶을- 말로 설명해 주기 시작했다.

더욱 상세하게 또 더욱 잘 기억하려고 그 라마승 스님은 때때로 자신의 두 눈을 감고, 내가 가장 잘 이해할 수 있는 단순한 표현들을 찾아내려고 애를 많이 했다.

그의 입술을 통해 그 대초원이 되살아났다.

나는 1100년대와 1200년대 그곳에 살았던 당시 사람들의 목소리를 듣는 듯하였고, 말들의 말발굽 소리와 초원의 바람 소리를 듣는 듯하였다. 『몽골의 비밀 역사』가 그 라마승 스님의 입을 통해 발설되었다.

삽화 : 뚜어얼군(多尔衮) 그림

2. 말 탄 두 사람과 또 한 사람

대초원 저 높은 곳에서 날고 있는 독수리 녀석들은 땅 밑에서 기어 나오는 들쥐도 찾아낼 수 있고, 강가에 물 마시러 내려가는 암컷 노루도 발견할 수 있다.

지금 그 독수리 몇 마리가 빠른 속도로 뭔가를 향해 움직이고 있다. 그들은 가능한 노획물을 찾아 날고 있다. 그들에게는 위협이란 존재하지 않는다. 들쥐와는 다른 일이다. 큰 들쥐들은 땅에서 들려오는 북소리 같은 소리에도, 또 저 멀리서 들려오는 말발굽 소리에도 떨고 있다. 이제 그 북소리가 더욱 세어지자, 높이 자라서 키가 큰 저 풀 위로 온화한 물결을 만드는 대초원에서 조랑말을 탄 두 사람의 실루엣이 나타나기 시작했다.

그 두 사람 중 더 나이 많아 보이는 사람이 고삐를 늘어뜨린 채 단정하게 자신의 말안장에 앉아 오고 있었다. 가장자리가 노랗고, 또 넓은 노란 허리띠를 한, 두루마기 같은 푸른색 비단으로 된 '델' 6)을 입은 그의 단정한 모습을 가로로 보면, 더욱 위엄스러운 모습이다.

또 다른 한 사람이 있다.

어린 말을 탄 소년이다.

그의 얼굴에서는 9살 이상의 나이로는 보이지 않았다. 소년은 계속해 자신의 거친 천과 가죽으로 만든 '고탈' 7)이

---

6) *역주: 우리나라 한복의 두루마기와 닮은 겉옷인 몽골 전통의상.
7) *역주: 장화같이 생긴 몽골의 전통 신발

라는 전통 신발 뒤축으로 말갈기를 휘날리며 달려가는 자신의 조랑말을 더욱 세차게 다그치고 있었다.

왜냐하면, 그런 식으로 해야만 더 나이 많은, 말 탄 이와의 거리를 줄일 수 있기 때문이었다.

그렇게 해야 하는 또 다른 더 중요한 이유는 그런 식으로 그 소년은 수시로 또 다른 말 탄 사람으로부터 잘 하고 있다는 칭찬 소리를 들으려고 그분 얼굴을 수시로 살펴보았다.

그러나 그분 얼굴을 통해서는 지금 소년은 아무것도 추정해 볼 수 없다.

그 얼굴은 평온하고, 시선은 저 멀리 어딘가에서 방황하고 있었다.

그분은 자신에게 십 년 전에 일어난 일을 생각하고 있었다. 바로 이 지역의 여기, 어딘 가에.

여기서, 키야트 부족 족장인 그분은 -젊은 날의 예수게이- 오논강[8] 가까이서 매사냥을 하다가, 말 탄 이를 뒤따르는 마차 하나를 발견했다. 그가 더 가까이 다가가 마차 일행을 보니, 말 탄 이가 메르키트 부족 사람인 예케-칠레두 임을 알게 되었다. 그가 올쿠노우트 부족이 사는 구역에서 출발해 지금 여기를 지나는 길임을 알았다. 예수게이는 올쿠노우트 부족 여인들이 미인이라는 명성을 익히 들어 왔기에, 말을 탄 채 예수게이가 그 마차에 다가가, 그 안을 살펴보니 자신의

---

8) *역주: 오논강은 러시아와 몽골을 흐르는 강으로 유역 길이는 818km. 헨티산맥의 동쪽에서 발원한다. 인고다강과 합류하여 실카강을 이룬다. 칭기즈칸이 이 강 부근에서 태어나고 자랐다.

아내가 될 만하겠다 하는 한 아가씨가 타고 있음을 보았다.

예수게이 가문은 언제나 메르키트 부족 사람들과는 앙숙이었다. 예수게이가 저 마차 일행에게 약간의 악의를 행사하는 것도 나쁘진 않겠다고 생각했다.

예수게이는 급히 자신의 말머리를 돌려, 자신의 유목 장막으로 되돌아 달려와, 곧장 자신의 형과 동생을 데리고 그 마차 일행이 가고 있던 곳에 다시 왔다. 형 네쿤-타이쉬트와 남동생 다리타이-오치긴이 그들이다. 자신들의 정말 빠른 말을 탄 그 삼 형제가 낮은 산에서 마차를 끌고 가는 에케-칠레두를 에워쌌다. 산의 높은 쪽에서 에케-칠레두가 아래로 내려다보니, 세 명의 말 탄 이가 지켜 보고 있음을 발견하자, 곧장 자신은 저 사람들에게서 좋은 것을 기대할 수 없겠구나 하고 곧장 알아차렸다.

그는 자신의 마차에 탄, 자신의 정혼녀에게 걱정스러운 눈길을 보내면서, 이 절망적 상황에서 탈출할 방법을 찾기 위해 그녀의 두 눈을 바라보았다.

"달아나요, 어서요." 그녀는 말했다. "저 세 사람이 당신을 죽이려 하고 있어요. 당신이 살아있기만 하면 다른 여인을 만날 수 있어요. 저로 인해 당신 목숨을 버리지 말고, 어서 목숨이라도 구해요, 나는 나 대로 속히 마차 방향을 돌려 볼 터이니."

말을 탄 채 그 메르키트 부족민은 서둘러 말머리를 돌려, 그 세 사람이 에워싸고 있는 산비탈에서 최대한 먼 쪽의, 다른 비탈을 향해 자신의 말을 아래로 내달렸다.

그렇게 내빼는 그를 맞은편 비탈에서 지켜 보고 있던 그 세 사람이 곧 그의 뒤를 쫓았다. 그들은 낮은 산이 있는 대초원까지 뒤쫓아 가고, 나중에는 오논강의 강가까지 두 시간이나 뒤쫓아 갔다.

그들 사이의 거리는 언제나 같았고, 자신들의 말도 이제 지쳐 신경질적으로 몸을 떨기 시작하고, 그러면서 그들의 온몸도 땀이 비 오듯이 흐를 정도였다.

"예수게이, 잠깐! 우리가 왜 저 총각을 뒤쫓아야 해? 너는 저 정혼녀를 약탈하려고 우리를 부른 게 아니었어? 우리는 그 약혼녀에 대해선 까맣게 잊고 있었네. 우리에게 아무런 해도 가하지 않은 저 메르키트 부족민을 뒤쫓는다고 돌아다녔으니."

형이 말을 달리면서 동생 예수게이에게 소리쳤다.

삼 형제는 그제야 자신들의 멍청한 행동 때문에 웃었다. 그들은 말들을 잠시 쉬게 하러 자신의 말에서 각각 내렸다. 막내 다리타이-오치긴은 키가 큰 풀이 자라는 들판에 누워, 자신의 적황색 말을 바라보았다. 막내가 낮은 소리로 이런 노래를 불렀다.

대초원의 말은 일상의 속도로 가고
그대는 순례자처럼 이동에 익숙해,
계곡에서는 바람처럼 사냥하네 -
저 먼 거리도
수컷 조랑말 안장 위에서는 더욱 가깝네.

그들은 다시 자신의 말 안장에 올라, 힘껏 달리기 시작했다.

비록 누가 그들을 뒤쫓아 오지 않아도, 그 삼 형제는 다시 자신의 노획물을 잃어버리지 않도록 서둘러 달려갔다.

그리고 정말, 저 낮은 산 뒤편에서 올쿠노우트 부족의 거주지로 향해 가고 있는, 두 봉 낙타가 끄는 마차를 보았다.

삼 형제 중 한 사람이 그 낙타의 고삐를 잡고, 다른 한 형제가 낙타를 향해 다가갔고, 예수게이는 자신의 말을 마차로 몰고 갔다. 울고 있는 아가씨 얼굴을 본 예수게이는 아가씨가 정말 미인임을 단번에 알 수 있었다.

그녀는 자신의 뾰쪽한 비단 모자 아래로 두 가닥의 두껍게 땋은 머리카락이 머리 양편에 늘어뜨린 채 있었다.

머리카락은 널따란 은비녀에 고정되어 있고, 끝단에는 은제 통 2개가 매달려 있었다.

그런 몽골 여성의 풍성한 머리 장식은 얼굴에 적절한 테두리를 만들어 놓았다. 예수게이는 그 아가씨 모습에 정말 반해 버렸다.

"아름다운 아가씨구나," 예수게이가 온화한 목소리로 말했다. "당신이 울며 걱정하는 그 남자는 이미 가버렸어요. 그가 돌아온다고는 기대하지 마요. 하지만 우리는 그에 비해 나쁘지 않은 사람이거든요. 우린 당신 친구가 될 수 있어요. 우리와 함께 가요. 또한, 내 아내가 되어 주오. 그러면 당신은 내 유목 장막의 왕비가 될 것이고, 내 아이들의 어머니가 될 거요."

그러나 그 아가씨는 대답이 없었다.

한편 젊은 삼 형제는 그 마차를 예수게이의 장막으로 향했다.

시간이 흘렀다.

나중에 예수게이는 자신의 의견이 맞았다는 것을 알게 되었다.

그 아가씨 이름은 호엘룬이다.

나중에 그녀가 청년 예수게이의 아내가 되고, 다섯 아이의 어머니가 되었다.

다섯 아이 중 테무친이 이 키야트 부족 집안을 이끌어 가는 장남 역할을 했다.

그랬다.

자기 아버지와 함께 말을 타고 올쿠노우트 부족 땅을 밟고 있는 이가 바로 테무친이다.

갑자기 예수게이가 자신의 말고삐를 세차게 잡자, 그 말은 자신의 발걸음을 멈추었다. 아들 테무친도 자신의 활달한 조랑말을 지배할 만큼 익숙해 있어, 자신의 어린 손으로 아버지가 하시는 방식대로, 자신의 말고삐를 세게 당겼다.

소년은 아버지가 탐색하며 관찰하고 있는 방향에 뭐가 있는지 궁금해하며 눈길을 향했다. 잠시 뒤 그는 낮은 산 두 곳 사이의 굽이진 곳에서 작은 먼지구름을 하얗게 일으키며 다가오는 뭔가를 발견했다. 그의 심장은 떨려오기 시작했다.

'우리를 공격하러 적들이 오는 것인가?'

테무친 자신은 이미 4살 때부터 말을 타며 생활하면서도, 한 번도 지금까지 자신의 거주지에서 이렇게 멀리까지 와 본 적은 없었다. 어른들은 자주 이런 말씀을 해주었다.

대초원에서는 -모든 낮은 산 뒤편에- 적이 자주 출몰한다고 먼지구름 아래 검은 점 하나가 나타났다.

그 점이 -나중에는 점차 그것이- 말을 탄 사람으로 판명되었다. 그 사람은 혼자였다. 그래서 무서워할 필요가 없겠다는 생각을 한 예수게이는 자신의 말에 박차를 가했다.

그 둘은 앞으로 나아가면서도 너무 서두르지도 않았다.

그들을 향해 마중하러 오는 그 말 탄 이의 실루엣은 점점 더 분명하게 보였다. 마침내 그렇게 말을 타고 마주한 사람은 그들을 행해 달려와도, 그는 그들과 몇 걸음의 거리를 두고 멈추어 섰다.

그들이 말없이, 또 끊임없이 서로를 살펴보았다. 테무친은 마음속으로 내 앞에 있는 저 이가 친구인가, 아니면 적인가 하고 물었다. 흥분한 그는 자신의 목을 움츠러들었다.

마침내 그들에게 다가온 이가 먼저 말을 걸어왔다.

"우리 지역으로 오신 것을 환영합니다, 예수게이 매형! 어느 불행이나 어느 행운이 매형을 이곳으로 오게 했지요? 그리고 매형은 또 어디로 가시는 중입니까?"

예수게이는 그렇게 말하는 이가 자기 처가인 올쿠노우트 부족민 데이세첸임을 알아보고는, 그렇게 마중을 나와 주어 고맙다고 인사했다. 그리고 예수게이는 말을 이어 갔다.

"보십시오, 제가 이 소년을 데리고 왔습니다. 이 아이는 제 장남입니다. 이 아이 외가인 당신 부족으로 데려왔습니다. 이 아이도 이제 다 컸으니, 관습에 따라, 이 아이에게도 필시 처남의 우호적인 부족민 중에서 적당한 정혼녀가 있지 않을까 해서요."

그 말을 듣는 순간, 소년 얼굴은 귀까지 붉혀졌다.

그것이 그에게 처음 듣는 소식이라서가 아니라, 그런 말씀을 전혀 모르는 어른 앞에서 처음 들었기에, 그는 살짝 불쾌한 기분이 들었다. 그는 자신의 지금의 괴로운 심정을 숨겨보려고 자신의 말안장에 자신의 몸을 곧추세우고는, 고개를 들어, 전통의상 '델'의 허리띠를 다시 한번 단단히 여미기 시작했다.

가죽 모자 가장자리 아래서 그는 데이세첸을 한 번 올려다보았다. 어머니가 당신 고향에서의 어린 시절 모험담을 자주 말씀하시면서, 그분 성함을 자주 말씀하시던 것이 생각났다.

데이세첸은 경험 있는 눈길로 그 소년을 한 번 쳐다보았다. 마침내, 온화한 목소리로 그는 말을 시작했다.

"준수하네요, 매형 아드님이. 이 말은 내가 고백하고 싶네요. 말 위에 저 아이가 저리 늠름하게 앉을 수 있고, 저 아이 눈매는 지성으로 빛나고 있네요. 저 아이에게 맞는 아가씨를 찾는 게 어렵지 않을 겁니다. 매형, 매형은 저희가, 정말 제 부족 처녀들을, 아름다움에 있어 명성을 가질 만큼, 잘 길러 내고 있음을 알 겁니다. 저희는 싸움보다는, 저희는, 저희 딸들과 자매들을 매개로, 이웃 부족들과 평화로이 지내는 것을 더 좋아하지요. 그러니, 이제 우리는 함께 저희 유목 장막의 주거지로 우선 가길 제안합니다."

그들은 데이세첸이 왔던 방향으로 자신들의 말을 가벼이 몰아 걷기를 시작했다. 잠시 뒤 누군가 말을 시작했다.

데이세첸이다.

"매형, 제게도 딸이 하나 있어 고민이 좀 됩니다. 아직 어린 나이이지만, 매형의 아들에 비해 너무 모자란 듯 보입니다만, 그 아이가 예쁜지, 또 그 아이가 다른 소녀가 가지지 못한 좋은 성품을 더 많이 가졌는지 누가 알겠어요? 아버지로서 저는 이 모든 것을 평가할 수 없습니다. 아마, 만일 매형이 이곳에 이미 왔으니, 그 아이도 함께 보는 것은 여분의 일은 아닐 겁니다. 어쨌든 저는 매형을 저희 유목 장막에서 머무시길 초청합니다. 내일 -휴식하고 난 뒤- 그 여식을 찾는 일은 계속해 보시지요. 매형, 매형이 속한 키야트 가문의 사람들은 언제나 용감하고, 부자이고, 근면한 주인이시니, 정말 칸[9]이십니다. 저희는 언제나 저희 딸들에게 가르쳐 오길, 그 딸자식들이 매형의 부족민들 옆에 위엄 있게 앉아 있을 수 있기를 바랍니다."

야트막한 산을 뒤로하고, 그렇게 함께 도착한 일행 앞에는 열두 개의 둥글고 하얀 유목 장막이 시야에 확연히 들어왔다.

가축들이 주위를 둘러싼 채 있고, 젊은이들은 여전히 저 먼 대초원 목초지에서 가축무리들을 몰아 오고 있었다.

그들이 데이세첸의 유목 장막에 도착했을 때, 그곳 개들이 짖기 시작하였다. 주인이 날카롭게 그 개들을 다그치자, 개들이 하나둘씩 입을 다물기 시작했다.

"제 장막으로 들어오셔서, 친구에게서처럼 편하게 쉬십시오." 주인은 그렇게 말하고, 그 장막의 장방형으로 된 입구를 가리켰다. 둥근 깔때기 모양의 지붕은 일몰을 앞둔 마지막 햇살 아래 빛나고 있었다.

---

9) *역주: 중세기의 몽골, 터키, 타타르, 위구르 등의 종족에서 군주의 칭호

3. 대초원 방식으로 하는 약혼식

손님들은 유목 장막에 들어서면서 목재 출입문의 문틀 위편에 자신의 머리가 부딪치지 않도록 주의했다. 만일 손님이 그 문틀의 위편에 부딪히면, 그 장막에 사는 사람들에게 불행을 가져다줄 수도 있기 때문이다. 또 그 출입문의 높은 문지방도 발로 밟고 지나가면 안 된다. 왜냐하면, 그것을 밟음은 그 방문객이 예의와 조심성이 없다는 것을 나타낸다.

장막에 들어선 직후, 이 장막 주인은 예수게이에게 화로쪽을 가리키며, 앉기를 제안했다. 주인은 예수게이 옆에 자신의 자리를 잡았다.

테무친은 그 화로 왼편의 긴 의자에 겸손하게 앉았다. 남자들 자리임이 분명한 그 자리는 분명 화로를 중심으로 왼편에 있다. 반면에 화로를 중심으로 장막의 오른편 자리는 언제나 여성을 위한 공간이었다.

그때, 이 집의 안주인이 장막 안에 들어와, 자신의 몸을 깊이 숙여 손님들에게 인사를 했다. 나중에 안주인은 신선한 차를 준비하기 시작했다. 가마솥에 그녀는 물과 우유를 먼저 붓고는 소금과 기름진 양고기 몇 조각을 넣었다.

그 뒤 모든 것이 끓기 시작했을 때야 비로소 그녀는 동쪽에서 오는 유목상인들이 가져온, 벽돌 모양으로 된 녹차 덩어리를 조금 잘라 넣었다. 그 사이, 그녀는 화로에 불을 지필 마른 쇠똥을 가지러 여러 번 들락날락했다.

차를 준비하는 동안, 안주인은 장막의 목재 골조 위에 걸어 둔 가죽 가방에 든 '마유주'를 제법 큰 도기 그릇에 나눠 부었다. 그 마유주가 테무친에게는 아주 맛이 좋았다. 집을 나서 여기까지 오면서, 그는, 작은 강을 건널 때 강물을 손바닥으로 한 번 떠 마신 것을 제외하고는, 아무것도 마시지 못했기 때문이기도 했다.

그게 그렇게 시원하기까지 해서, 그는 이곳에서 어른들의 대화를 따르지 못할 정도였다. 어른들의 대화가 그에겐 불필요하게 연거푸 도리깨질하는 대화 모습으로 비쳤기 때문이었다.

"오늘 날씨가 참 좋습니다. 태양도 빛나고 있지만, 그렇다고 그게 질식할 정도는 아닙니다."

"그렇지요, 하지만 제 생각엔, 며칠 뒤에는 봄바람이 불기 시작할 겁니다."

테무친은 화로 연기가 흘러나가는, 장막 지붕의 열려 있는 둥근 틈새를 쳐다보았다. 그러고는 그는 그 둥근 천창[10]의 목형 테두리에 매달려 있는 줄이 어디에 달려 아래로 내려와 있는지 자신의 눈길을 따라가 보았다. 이제 그 줄은 그 천장을 떠받치는 대들보 중 한 개의 뒤편에 고정되어 있었다.

하지만 테무친은 아주 거센 봄바람이 지나갈 때는 이런 유목 장막이 강풍에 날아가지 않게 하려고 온 집안 식구들이 자신들의 몸무게를 이용해 저 숨은 곳에 달린 줄에 매달려야 했던 순간이 떠올랐다.

저녁 식사로 양고기 요리가 준비되자, 그때 온 가족이 모였다. 남자아이들과 청년들이 서로 어깨가 닿을 정도로 화로를 중심으로 왼편에 자리 잡고, 아주머니들과 소녀들은 그

---

10) *역주: 빛이 잘 들게 하거나 공기의 순환을 목적으로 지붕에 내는 창문.

화로를 중심으로 오른편에 자리 잡았다. 그 끝에, 그 문에서 가장 가까운 곳에 보르테 라는 이름을 가진 열 살 된 소녀가 앉았다. 그 예쁜 소녀는 말쑥하게 차려 입힌, '델' 이라는 전통 옷을 입고 있었다. 수줍은 듯 그 소녀는 좀 경직되어 보였고, 아마 그녀는 뭔가에 대해 특별한 이야기를 들은 것 같았다.

그렇게 마련된 저녁 자리에서 바로 그 소녀가 테무친의 가장 큰 관심을 불러일으켰다. 하지만 테무친은 그 소녀를 자유롭게 쳐다보지도 못했다. 그런데도, 간혹 그 소녀를 보게 되었다. 그는 그 아이가 아마 자기와 결혼하게 될지도 모를 사람임을 알게 되었다.

그는 결혼이란 것이 어떻게 진전이 되는지, 결혼이 그의 삶에 어떤 변화를 가져다줄지 아직 분명히 알지 못하지만, 그가 단지 알고 있는 것은, 결혼이 뭔가 중요한 일인 줄은 자각하고 있었다.

또 결혼이란, 자신의 아버지가 그 결혼을 결정하면, 그렇게 따르는 것이 좋은 일이겠지 라고만 생각했다.

데이세첸은, 자신의 매형인 예수게이 앞으로 조각 조각내어 가득 채운 양고기를 담고, 그 위로 기름진 양고기의 넓은 꼬리 부위를 올려놓은 큰 대접 그릇을 가져다 놓았다.

몽골에서는 그 음식을 가장 맛난 요리로 여기고 있다.

예수게이는 자신의 앞에 놓인 날카로운 칼을 집어, 자신이 영예로운 손님에 걸맞게 그 기름진 꼬리를 얇게 조각조각씩 잘라 먼저 주인과 안주인, 또 나중에는 모든 식구에게 나누고는, 마지막으로 자기 아들에게, 또 나중에는 자신을 위해 조금씩 들어 놓았다. 그 기름진 양고기 조각들과 음식을 먹는 동안 아무도 말이 없다. 대신 쩝쩝하며 씹는 소리만 이 요리를 만든 안주인에 대한 찬사였다. 왜냐하면, 그것은 이 음식이 모든 사람의 입맛에 맞음을 뜻하기 때문이었다.

장성한 두 여인이 다양한 우유제품이 든 도기 대접을 들고 왔다. 그 대접에는 몽골 초원에서 자라는 암소, 암말, 암낙타, 암양, 암물소 등으로 만들어 내는 75가지 우유제품 중 적어도 15가지는 담긴 것 같았다. 그 안에는 치즈가 물렁물렁한 것, 단단한 것, 신선한 것, 훈제된 것이 있고, 엉긴 우유 덩어리가 신선하면서 짜거나, 달콤한 것도 있었다.

어른들은 암말 젖으로 발효시킨 몽골 전통술 '아르히' [11] 로 서로 건배를 제안했다. 한 모금 마실 때마다 사람들은 눈을 감는데, 이는 술이 자신들의 입맛에 맞음을 표현하는 것일 수도 있다.

저녁 식사가 끝났다.

아이들도 서로 대화를 시작하고, 옆에 앉은 사람이 테무친에게 몸을 돌렸고, 이제 테무친 자신도 더는 처음처럼 불편하게 여기지 않았다. 호사스러운 그 저녁 식사를 대하면서 테무친은 이 식사가 이곳 외가 사람들이 마음을 다해 준비한 것임을 알 수 있었다.

편안한 자리이고 자연스러운 자리였지만, 그것은 테무친의 집에서처럼 그렇게 친밀하게 이뤄지지는 않았다.

그래, 그랬다….

그는 지금 가장 기꺼이 자신의 3명의 형제 -카사르, 벡테

---

11) *역주: 몽골 전통술. 몽골 보드카라고도 함.

르와 벨구테이- 와 함께 있고 싶고, 또 갓난아이 누이 테물린과 함께 지내고 싶다. 테무친은 그 갓난아이를 안고 이곳 저곳으로 다니면서 놀려 주고 싶다. 하지만, 그는 지금 그런 동생들과는 멀리, 아주 멀리까지 와 있다.

식사를 끝낸 테무친은 이제 바닥에 두꺼운 천으로 된 이부자리 위에 누워, 몸 위로는 양털 이불을 덮고 있었다.

그는 오랫동안 잠들 수가 없었다. 그는 지붕의 둥근 천창을 통해 어둡고 단조로운 하늘에서 별들의 떨림을 올려다보고 있었다.

겨울 밤하늘에 별들이 반짝이고,
저 멀리서 종소리가 들리니,
그때 너의 꿈은 우울한 생각에
자신을 양보하네.

다음 날, 동이 트자, 식구 모두 이미 자리에서 일어나, 각자의 일에 발걸음을 재촉했다. 목초지로 가축을 데리고 가는 이들은 서둘러 뿔뿔이 흩어지고, 각자 맡은 임무로 향했다. 안주인은 손님들과 주인을 위해 신선한 차를 내놓았다.

아침 식사를 마친 뒤, 예수게이는 자리에서 일어나, 자신의 몸을 바로 세웠다. 그는 자신의 넓은 허리띠에서 예술적으로 정교하게 만든 은제 손잡이와 은제 칼집이 있는 단도를 꺼냈다. 두 손바닥으로 그 단도를 높이 받들고서, 그는 이 집 주인에게 이렇게 아름다운 대접에 진심 어린 고마움을 표하면서 자신의 선친으로부터 물려받은 수수한 선물인 단도를 내밀고는, 이 집 주인이 이를 우정의 상징으로 받아 주면 영광이겠다고 말했다.

그러자 주인도 자리에서 일어나, 자신의 전통의상 '델'의 옷깃을 한 차례 여미고는 자신의 가죽 모자를 제대로 썼다.

나중에 그는 답례로 짧지만, 위엄 있는 연설을 했다. 매형 예수게이가 자기 아들을 데리고 이곳을 방문해 귀한 손님이 되어 주셨다며, 이 땅에 또 오실 기회가 있으면, 그때에도 늘 이처럼 대접하겠다는 말을 했다.

그러고서 그는 예수게이가 내미는 그 선물을 높이 칭송하며, 그 선물을 평생토록 간직하며, 두 가문의 우정을 보장하는 증거로 받겠다고 했다.

그러고는 그는, 평소의 대초원 사람들의 의식대로, 자신의 두 팔을 뻗고, 자신의 고개를 깊숙이 숙여 그 단도를 정중하게 받았다.

데이세첸은 이제 예수게이에게 다시 앉기를 청했다. 그러나 예수게이는 그대로 선 채, 뭔가 좀 더 말하고 싶은 몸짓을 취하면서, 똑같이 정중하게 자신의 고개를 숙였다. 주인은 여전히 자신의 근엄한 자세를 유지하며 선 채로 그의 얼굴에 눈길을 향했다. 그때 그 손님은 말을 시작했다.

"우리가 지금까지 살아온 우정이 이렇게 이미 확고하다고 본다면, 제가 제안을 하나 드리고 싶습니다. 처남께서 당신의 딸 보르테를 제 아이 테무친의 아내로 주시면, 이는 다시 한번 우리 두 가문의 우정을 단단히 하는 계기가 되겠습니다. 제가 그 따님을 보았고, 그 딸 아이가 제 마음에 듭니다. 예쁘고 활달한 아이니, 분명히 그 아이는 제 아들에게 좋은 아내이자 안주인이 될 겁니다. 또 제 아들 테무친과 관련해, 제 아들을 자랑하는 일은 제 일이 아닙니다만, 처남께서 제 아들을 보았으니, 그 둘에게 연을 맺는 일이 될지는 처남의 뜻에 따르도록 하겠습니다."

그 주인의 눈에는 지금까지 자신이 숨기려고 했던 그 만족 감으로 인해 불꽃이 이글거리기 시작했다. 하지만 모두는 안 다. 그 주인이 바로 그 일을 위해 자신의 집으로 손님들을 오시게 했음을. 그리고 지금, 그의 염원이 실현된 지금에도, 그는 대초원의 풍습에 따라, 즉각 자신의 즐거움을 표현하지 않았다.

"정말로, 제 사위를 맞는 일은," 그는 말했다. "매형의 그 제안에 저는 놀라지 않습니다. 저희 아이들이 여기서 자 라, 나중에 그 아이들이 자신에게 맞는 짝이 있겠지만, 그게 이 땅에 사는 사람 중에는 없을 겁니다. 하지만, 매형께서 서두른 결정으로 나중에 그로 인해 안타깝게 여기는 일은 제가 원치 않습니다, 저도 아무 곳에도 없는 장애 요소를 찾 아내려고는 원치 않습니다. 그러하니, 왜냐하면 필시 매형의 아드님은, 매형 부족의 다른 남자들처럼 성실한 사람일 것이 고 영웅의 심장을 가지고 있을 겁니다. 또 제 딸은, 저희 부 족에서 교육받은 다른 여인들과 마찬가지로, 분명히 앞으로 아름답고 좋은 안주인이 될 것이고, 또 마찬가지로 좋은 아 내가 될 겁니다. 그래서 저는 매형의 제안을 받아들이겠습니 다. 우리 아이들, 그 둘이 모두 행복하기를 기원합니다!"

그는 '아르히' 술잔을 높이 들고, 다른 술잔을 예수게이 에게 내밀어 권했다. 그 두 사람은 그 술의 내용물을 다 비우고는, 정말, 대초원의 방식으로, 혼사를 정하는 계약을 보증했다.

그 시간 내내 테무친은 겸손하게 앉아, 그 자신의 주변에서 일이 어떻게, 또 어떤 방식으로 진전되는지 이 모든 것을 관찰하고 있었다. 그러나 아무도 그에게 이것저것 묻지 않았고, 사람들은 그의 존재를 마치 잊은 듯했다. 마찬가지로 아무도 그 어린 보르테가 자기 어머니를 도우러 그 자리에 함께 없음에도 주목하지 않았다.

"그리고 만일 우리가 그렇게 좋게 동의한다면," 그 집주인이 말을 했다. "매형은 저 아이를 여기에 남겨 두어, 저 아이가 자신의 약혼 기간 내내 우리 집에서 봉사할 수 있도록 했으면 합니다. 그게 저 아이로서도 자신의 장래 아내를 제대로 평가할 기회가 되기도 하고요."

"그러면 이제 우리는 이 혼사로 인해 서로 사돈이 되고, 맹세로 맺은 형제가 됩시다!"

작별 인사말은 따뜻했다.

집주인은 자신의 장막 앞에 이미 안장을 올려놓은 채 제 주인을 기다리는 말에까지 그 손님을 배웅했다. 한편 그 손님은 또 자신이 끌고 온 다른 말을 자기 아들 테무친에게 남겨 두었다.

그는 자신의 말에 올라타, 말에 박차를 가하며, 이미 말을 달려가면서도 그 장막을 향해 작별을 표시하러 자신의 손을 흔들었다. 이곳에 남아 있던 사람 중에 아마 그는 자기 아들 테무친의 모습을 못 본 듯하였다.

그 아들은 장막의 출입문에 서서, 그 말 탄 아버지를 물끄러미 바라보고 있었다. 하지만 곧 아들은 아버지 모습을 볼 수 없었다. 두 줄기 큰 눈물이 아들의 눈에서 안개처럼 자리하였고, 연이어 말발굽 소리로만 그 자신이 아버지와 점점 멀어져 가고 있음을 분명히 알게 되었다.

그는, 이번 작별이, 이전에 아버지가 며칠간 사냥을 떠날 때나, 여러 필의 조랑말을 사러 10일간 나들이할 때와는 다른 작별처럼 느꼈다.

그 자신이 받은 이번의 느낌은, 자신이 영원히 아버지와 이별하는 것 같았다. 마치 그가 자신의 가족에게서 밀려나고, 또한 아직 다른 가족에게도 받아들여지지 못한 상태처럼 여겨졌다. 그 순간 아들은 아주 슬펐다.

만일 누군가의 목소리가 그를 깨우지 않았다면, 그가 얼마나 오랫동안 그 출입문에 서 있을지, 또 그 이별로 인해 얼마나 큰 슬픔에 잠겨 있을지는 누가 알았겠는가.

"오호, 테무친, 이리 와서 이 말무리를 저 초목지로 내모는 일을 좀 도와줘."

전통의상 '델'의 소매로 그는 그새 자신의 얼굴에 굴러내린 눈물을 닦고는, 그가 지난밤 저녁 식사 때 서로 말을 나눈 그 청년을 보았다. 테무친은 첫 만남의 순간부터 그 청년이 호의적이었다. 그 청년은 즉시 자신의 말 위로 안장을 올려놓고는, 웃으면서 테무친에게 고개로 신호를 보냈다.

소년은 자신의 말에 다가가, 가죽 등자12)를 떼어 내고, 그 말 위로 안장을 올려놓고, 그 말에 올라탔다. 그는 자신의

---

12) *역주: 승마자가 발을 집어넣어 디딜 수 있게 만든 "D"자형의 발디딤 쇠.

몸을 바로 세워, 사방을 둘러보았다. 그는 주변에 수십 마리의 말을 보았다. 그중 한 마리가 다른 말에 비교해 준수해 보였다. 그의 심장은 뛰기 시작했다.

'저게 우리 집에서 보던 것과 똑같은 종류구나.' 그는 생각했다.

그 청년 친구가 자신의 말을 달려 말무리를 뒤쫓아가자, 테무친도 자신의 말에 박차를 가하고는 그를 뒤쫓아, 저 넓은 대초원을 향해 말을 달렸다.

이제 테무친은 자신이 다른 누군가로 변해 있음을 느꼈다.

그는, 자신의 행동에 대해 스스로 책임을 지는, 독립적 인간과 비슷한 뭔가로 변해 있었다.

그는 자신이 운명의 변화 속에 속해 있음을 느끼기 시작했다. 물론 아직은 그에게, 어떤 운명이 그 변화를 이끌지 분명하지 않았지만.

***

라마승 스님은 여기까지 이야기를 하고는, 잠시 자신의 말을 멈추었다. 우리가 마시던 찻그릇이 텅 빈 채로 있는 것을 내버려 두지 않으려고 스님은 따뜻하고 짠맛의 차를 가지러 자리를 떴다. 그리고 다시 자리로 돌아와, 스님은 다음에 무슨 사건들이 있는지를 기억하려고 하면서 그 『몽골의 비밀역사』 책의 몇 페이지를 넘겨보았다.

라마승 스님은 이제 그 감동을 유지하려고 애쓰면서, 야트막한 여러 산 아래 위치한, 칸의 옛 수도인 카라코룸[13]의 유

적이 보이는 창가 저 멀리 눈길을 돌렸다. 나중에 그는 그
이야기를 이어갔다.

*(세르비아어판 표지)〈테무친 대초원의 아들〉(1979년)

13) *역주: 1220년 몽골의 위대한 정복자 칭기즈칸은 이곳에 수도를 세우고 중국 침
략의 기지로 삼았다. 1235년 오고타이는 카라코룸 주위에 성벽을 쌓고, 화강암 반
석 위에 64개의 나무기둥으로 떠받쳐진 직 4각형의 궁전을 지었다.

4. 타타르 부족의 복수심

700년도 더 된 『몽골의 비밀 역사』의 저자가 '하느님이여, 그분의 영혼을 용서하소서' 라고 기록대로, 예수게이는 타타르 부족의 땅을 향해 힘차게 달려갔다.

아침 햇살이 비쳤고 공기는 신선했다. 참새 한 마리도, 들쥐 한 마리도 보이지 않았다. 어떤 동물도 보이지 않았지만, 대초원에서 말을 타며 민첩하게 움직이는 사람은 그 정도의 외로움에 이미 익숙해 있어, 그 외로움마저도 주목하지 못할 정도였다.

그래도 뭔가 그의 마음을 짓누르는 것이 있었다.

그는 자기 가족과는 옛날부터 앙숙이었던 타타르 부족민을 만날까 봐 내심 걱정이 되었다. 그런 만남은 그에게 확실히 좋지 않은 결말을 가져올지도 모르기 때문이었다.

예수게이 자신은 지난날 타타르 부족과의 마지막 만남을 잘 기억하고 있다.

그 일은, 예수게이가 속한 부족의 동료들이 일단의 타타르 부족민들을 제압했을 때, 벌어진 갈등이었다.

그 싸움에서 예수게이가 타타르 부족민 둘을 붙들어 왔다. 그가 그 싸움을 마친 뒤, 집에 도착해 보니, 바로 그때 자기 아내가 첫 아이를 출산하던 중이었다. 그때 낳은 아이의 이름을 테무친이라고 했는데, 그 이름은 자신이 붙잡은 포로 중 한 사람의 이름이었다.

그것은 몽골 관습이기는 했으나, 타타르 부족의 관습은 아니었다. 타타르 부족 사람들은 그런 예수게이를 절대 용서할 수 없는 인물로 지목하고는, 그 일이 자신들에게는 대단한 치욕으로 느끼게 되었다. 그 사건으로 타타르족 사람들은 예수게이에게 복수를 다짐했다. 예수게이도 그 점을 잘 알고 있었다.

그렇게 시간이 흘러갔다.

그 말 탄 사람이 가죽 주머니에 담아 놓은 마유주를 오는 길에 다 마셔 버렸기에, 다시 목이 말랐다. 그래서 그는 다시 물을 마실 수 있는 곳이 어디에 있는지 둘러 보았다. 그는 가까이에 강이 없음을 알고 있었다.

그런데 갑자기, 정말 기쁘게도, 그가 마유주와 양고기를 앞에 두고 불가에 둘러앉아 식사하는 일단의 사람들을 발견했다. 그는 그곳으로 가까이 다가가, 예의를 갖추어 인사를 한 뒤, 그들 사이에 앉게 되었다.

몽골 대초원의 관습에 따르면, 그렇게 모인 사람들은 그런 손님을 잘 반겨 주고, 그 손님이 스스로 말하려 하지 않는 것이면 뭐든 묻지 않았다. 그러나 그들은, 그 새로 합석한 손님의 말투나 입은 옷으로 보아, 그가 어느 부족민인지 곧장 알 수 있었다. 그곳에 있던 참석자 중 한 사람은 그가 누구인지 알아차릴 정도였다.

예수게이 자신도 그가 함께 자리한 사람들에 대해 알고 싶었으나, 그도 마찬가지로, 대초원 관습에 따라, 그런 질문을 할 수 없었다. 그는, 적어도, 자신이 적의 무리 속에 있는지 친구의 무리 속에 있는지 알아차릴 수는 있었으리라!

해가 이미 서녘으로 지고 있었기에, 이곳에 먼저 와 있던 주인들은 그에게 함께 남아, 그들과 함께 여기서 밤을 보내고, 날이 새면 떠날 것을 제안하자, 예수게이도 이를 받아들였다. 왜냐하면, 그들도 텐트를 준비하지 않아, 양털 이불과 긴 외투를 입은 채로 하늘 아래서 야영해야 했다.

아침이 되자, 예수게이는 그들과 작별하고서 초원을 지나 자신이 사는 지역으로 말을 달렸다.

오후가 되어, 자신의 집에 도착했는데, 그는 자신의 배가 슬슬 아파져 옴을 느끼기 시작했다. 그러다가 그는 자신의 유목 장막에 들어서면서 쓰러졌고, 곧장 침대에 눕게 되었다. 온몸이 땀에 젖어있었다.

그의 아내 호엘룬은 곧장 뭔가 정상이 아님을 알아차렸다. 서둘러 아내는 순한 차를 끓여, 계속 아파 고통스러워하는 남편의 몸을 쓰다듬어 주기도 했다. 그러나 그는 격심한 위경련으로 아주 극도의 고통을 당하고 있었다.

그때야 그는 이 모든 상황이 분명해졌다. 타타르 부족이 그가 먹은 음식에 독약을 탔다.

"호엘룬, 당신은 어서 가서 몽리크를 데리고 와요." 겨우 남편이 말했다.

아내는 얼른 달려가, 몽리크를 찾아서 그와 함께 곧장 달려왔다. 몽리크는 남편의 친척이자 신임하는 인물이었다.

그 친척은 침대에 누워 있는 예수게이를 살펴보니, 그가 숨을 아주 거칠게 내쉬며 얼굴에 큰 근심이 있음을 볼 수 있었다.

"몽리크, 나는 지금 죽어 가는구나. 돌아오던 길에 타타르 부족이 나에게 독약을 탄 음식을 먹게 했구나. 이 상황에서는 백약이 소용이 없겠구나. 하지만, 몽리크, 자네가 내게 약속해 주게. 자네가 내 아내와 자식들을 보살펴 주겠다고."

예수게이는 거기까지 말하다가 멈추고서 자신에게 닥친 강한 아픔 때문에 두 눈을 감았다. 나중에 그는 온전히 작은 소리로 말을 이어 갔다.

"올쿠노우트 부족에게 가서, 내 장남 테무친을 데려오게. 곧장 테무친이 돌아와서 이 가족을 보살피라고 하게. 지금으로선 그 아이가 가장 나이 많은 남자이니."

예수게이의 마지막 말은 거의 들리지 않을 정도였다.

그렇게 하고는 그의 눈이 감기자, 그는 이제 더는 그 눈을 뜨지 못한 채, 영원을 향해 깊은 잠에 빠져들기 시작했다.

몽리크는 곧장 여행 채비를 해서, 타타르 부족이 사는 지역을 가능한 한 지나치지 않으면서, 혹시 그들이 만들어 놓았을지도 모를 어떤 덫이나 함정에 빠지지 않도록 주의했다. 그렇게 하여, 그 여행의 둘째 날에 몽리크는 올쿠노우트 부족의 유목 장막에 도착하였다. 그곳에서 테무친이 거주하는 장막을 찾기란 어렵지 않았다.

그러나 몽리크로서는 그 슬픈 소식을 테무친에게, 또 장막 주인이자, 별세한 이의 사돈인 데이세첸에게 전하는 것은 어려웠다. 몽리크는, 무슨 말을 꺼내기 전에, 오랫동안 땅에 눈길을 둔 채 있었다. 며칠 전만 하더라도 이곳에서 그 사돈과 함께 자리했던 강하고 현명하시던 그분이 더는 존재하지 않는다고 생각하니, 마음이 무거웠다. 마침내 그는 온 힘을 다해 말을 꺼냈다.

"아들 테무친아, 네게는 지금이 힘든 순간이겠구나. 너는 이제 집으로 가서 네 온 가족을 위해 책임을 다해야 한단다. 용감하고 현명한 소년이니, 네가 이 순간을 잘 이겨 내리라고 나는 믿는단다."

테무친은 이 황당한 상황을 당하고서, 자신의 두 눈을 아래로 향한 채 앉아 있었다. 잠시 뒤, 데이세첸은 자신의 말을 꺼냈다.

"이 짧은 시간 동안 나는 자네를 사랑하게 되었고, 자네가 내 사위가 되었다는 생각으로 함께 우리가 함께 생활했구나. 하지만 만일 네 운명이 다른 방식으로 이끈다고 한다면, 우리는 그에 대항할 방법이 없구나."

몽리크도 마침내 자기 입안의 혀가 느낀 바를 말하려고 말을 꺼냈다.

"제가 두 가문의 일에 관여할 수 있는 것을 허락하신다면, 만일 제가 테무친의 이름으로 말할 수 있다고 하신다면, 제 요청은, 사돈께서는 지금의 이 일로 혼사가 깨어진다고는 평가하지 마시기를 바랍니다. 저는 이 일이 잘 마무리되면, 테무친이 다시 자신의 정혼녀를 위해 이곳을 방문하겠다는 희망을 남기고 싶습니다."

"장인 어르신, 존경하옵는 데이세첸님," 그 소년이 말했다. "아버님은 지난 며칠간 진짜 아버지였습니다. 제게는 장인 어르신을 존경하는 마음도 들었습니다." 그렇게까지 말을 하고는, 그는 몸을 바로 세워 말을 이어갔다.

"그리고, 보르테는, 제 정혼녀는 제가 본 어떤 소녀보다도 더 아름답습니다. 저는 저 소녀를 위해 언제라도 꼭 돌아오겠습니다. 장인 어르신, 저 따님을 저를 위해 잘 키워 주십시오. 제게 수많은 어려움이 있을 줄 압니다만," 그 말을 하다 잠시 울먹이고는 그가 말했다. "…하지만 저는 이를 이겨 낼 겁니다."

"만일 운명이 그리 원한다면, 그리 하게나!" 그 장인은 그렇게 대답하고, 사위인 소년의 등을 여러 차례 살짝 다독여 주었다.

몇 분 뒤, 몽리크와 테무친, 그 두 사람은 각자 자신의 말안장에 올라탔다. 테무친은 마지막 눈길로 어린 보르테를 찾아보았다. 보르테가 방금 장막에 도착해, 자신의 정혼자가 떠나는 순간을 보러 와서는, 자신의 떨리는 몸을 가누며 서 있었다.

그녀는 테무친에게 손을 흔들었고, 테무친은 그녀 눈길에서, 이전에 그가 보지 못했던, 뭔가 특별한 반짝임을 보는 듯했다.

보르테는, 저 먼 대초원을 바라볼 때처럼, 익숙한 모습으로 자신의 두 눈을 작게 웅크린 채 그곳 부족 사람들의 모습을 바라보고 있었다. 그렇게 자신과 이별한 테무친 일행 두 사람이 더욱 작아지고, 나중에는 그 두 말 탄 사람의 모습이 오직 먼지 하나처럼, 작은 구름처럼 보였다.

그 두 사람이 저 두 산 사이의 굽이진 곳, 즉, 며칠 전에 테무친과 다른 말 탄 사람들이 서로 만났던 그 굽이진 곳에서 마침내 그 모습이 보이지 않을 때까지 보르테는 오랫동안 바라보고 있었다.

그러나 지금은 보르테에겐 온전히 다른 느낌이다.

그분들이 도착했을 때는, 얼마나 기쁨이 넘치고 희망이 많았던가. 그분들이 이제 떠나니, 앞날이 얼마나 불확실하고 슬픔 또한 많을까.

대초원의 거친 땅,
구름 낀 우울한 날씨,
산도 지평선도 검기만 하네.
찰나의 마음 무겁고
차가운 강물은 묵묵히 흐르네.

대초원은 말발굽 아래 신음하고,
수많은 먹구름만 하늘에 보이고,
온갖 물음이 머리에 가득하네:
미래를 생각하니 첩첩산중이요
희망을 생각하니 저 강물 같네.

그렇게 귀향한 테무친은 아무리 애를 써도, 자신의 가족이 어딘가 싹둑 잘린 것 같아, 대 가족을 계속 유지하기가 정말 어려웠다.

명성 있는 부족장 어른인 예수게이가 안 계시니, 지금까지 함께 살아온 일가친지는 하나둘씩 테무친의 유목 장막에서 떠나갔다. 그들은 자신의 하인들과 가축들과 자신들이 가져갈 수 있는 모든 것을 갖고 떠나갔다.

결국, 테무친에게 남은 것이라고는 어머니, 4형제와 어린 누이와 친지들, 9필의 말이 전부였다.

어머니는 날마다 인근 숲으로 가, 먹을 수 있는 열매와 풀잎을 따 와서, 그날그날의 음식을 장만했다. 자식들은 자신들이 직접 바늘을 구부려 낚시 도구를 만들어 물고기를 낚아야만 했다. 그 가족은 이곳저곳에 자신들이 설치해 둔 덫에 갇힌 들쥐도 잡아, 가난한 생계를 이어갔다.

그래도 그들은 자신의 외로운 유목 장막에서 절망하지 않았다. 그들은 자신이 할 수 있는 만큼 그렇게 자신의 생계를 이어 갈 수 있었다. 인근의 오논강에는 수많은 물고기가 있고, 인근의 숲에는 자라나는 식물이나 나무 열매들이 늘 그들의 생계를 위한 선물이 되어주었기 때문이었다.

그러나 바로 그 시절에, 또 다른 부족이 그런 정도의 평화로운 그 가족의 삶마저 괴롭혔다. -이웃에 사는 타이치우트 부족이 그 가족을 가만두지 않았다. 예수게이 가족이 그렇게 궁핍하게 살면서도 완전히 망하지 않는 것을 본 그 부족은 불만이 커갔다.

"만일 저 가문을 완전히 멸망시키면," -그 부족민들은 머리를 싸매고 고민했다. - "우리 영토가, 저 가문이 가진 경계의 지평선까지 그렇게 더 넓힐 수 있어."

타이치우트 부족민들은, 그리 길지 않은 회의를 연 끝에, 테무친 가족을 급습하기를 결정했다.

테무친 가족은 그 악의적인 부족의 말 탄 사람들이 그렇게 쳐들어오는 것을 알아차리고는, 황급히 필수품과 남아 있던 몇 마리의 말만 끌고 자신의 장막을 떠나, 가까운 숲으로 피신했다.

 그 가족은 그곳의 우거진 숲이 자신들을 적으로부터 보호해 줄 거라고 희망했다. 만일 그 적이 자신의 악의적 감정을 집요하게 드러내지만 않는다면, 그것은 그렇게 가능할 수 있었으리라.

5. '목칼 형틀' [14]을 차고서도

가장 우거진 숲으로 피신한 테무친 가족은 몇 그루 나무를 베어 그 나무들로 자신을 지키기 위한 울타리를 만들었다. 테무친 가족이 쏜 화살들이 나뭇잎들 사이의 보이지 않는 틈새를 지나, 자신을 습격해 온 타이치우트 부족민들을 향해 날아갔다. 테무친 가족이 만든 임시 요새를 침입해, 그곳의 가족을 붙잡으려고 더 가까이 오려던 그들은 더는 다가서지 못했다.

몇 시간의 상호 간 격렬한 싸움 뒤에, 그 습격을 시도했던 타이치우트 부족민들은 패배하여 물러나는 듯했다. 그러나 그 습격을 주도한 대장이 외쳤다.

"우리에게 테무친만 내놔라. 그러면, 다른 사람들은 살려두마. 다른 사람들에게는 관심이 없다."

그들은 테무친 가족을 대표하는 테무친만 붙잡으면 온전히 그 가족을 몰살시킬 수 있다고 믿었다.

그러나 테무친의 어머니와 형제들은 그것을 허락하지 않았다. 그들은 테무친에게 말 한 필을 내주며, 숲 더 깊숙이 피하라고 했다.

타이치우트 부족민은 그런 낌새를 알아차리고는 그 피신하는 테무친을 뒤따랐지만, 곧 자신들의 시선에서 그를 그만 놓쳐 버렸다. 마치 그의 모든 발자취가 사라져 버린 듯했다.

그 숲 안에서 사흘이나 테무친은 먹지도, 마시지도 못했다.

---

14) 죄인의 목에 씌우는 형틀.

한밤중에는 그는 추위와도 싸워야 했다. 왜냐하면, 숲에서 야영할 준비도 못 해 왔기 때문이었다. 그는, 자신이 가진 양털 이불 하나로, 자신이 타고 왔던 말의 몸에 착 달라붙어 자신의 말과 자신을 덮었다.

테무친은 자기 말을 친구처럼 여겨 그 말과 함께 좋은 것이든 나쁜 것이든 함께 했다.

희미하게 날이 밝자, 자신의 말에게는 싱싱한 풀을 뜯어 먹도록 하고, 그는 스스로 나뭇잎의 이슬을 핥아 자신의 심한 갈증을 조금 누그러뜨렸다.

나흘째 되던 날, 소년은 적들이 이젠 추적을 그만하였을 것으로, 또 이젠 위험은 지나갔을 것으로 생각하고 이 불편한 은신처를 벗어날 결심을 하고, 숲의 가장자리를 향해 말을 달려 나섰다.

그때 갑자기 테무친이 탄 말안장의 끈이 풀리는 바람에, 그는 말에서 그만 미끄러질 뻔했다. 다행히 그는 서둘러 땅으로 뛰어내렸다. 그가 다시 말안장의 끈을 단단히 고쳐 매면서, 이게 뭔가 나쁜 징조가 될 수 있겠다고 생각했다.

당시 몽골에는, 다른 나라와 마찬가지로, 사람들 대부분은 미신에 많이 의존했다. 그런 상황이면, 그가 자신이 앞으로 더 나아가지 않는 편이 낫겠다는 신호로 받아들였다. 계속 나아가면, 그가 습격자들의 손에 붙잡힐지도 모른다는 경계심으로 받아들였다.

그는 자신의 결심을 포기하고, 다시 숲의 저 깊은 곳으로 되돌아왔다.

이곳에서 테무친은 다시 사흘 낮과 밤을 보냈다. 이제 그는 그만큼 배가 고파, 뭔가 식물 뿌리라도 캐서 씹어 먹어야 하는 상황이 되어 버렸다.

그는 자기 주변서 나는 나무 열매를 이리저리 찾아보았지만, 그리 많이는 구하지 못했다. 보통 그런 열매들은 숲의 가장자리에 있지, 햇살이 들이치지 못하는, 중간키의 나무 그늘만 늘 있는 곳에는 그리 많지 않다. 그래도 아침 이슬은 그에게는 갈증을 어느 정도 해소해 주었다.

이레째 되던 날, 그는 자신의 운명을 다시 한번 시험해볼 결심을 하고는, 자신의 은신처에서 나왔다. 이제는 자기 말의 안장을 묶은 띠가 다시 풀리지 않도록 그가 조심해서 단단히 묶어, 숲 언저리로 다시 출발했다.

그러나, 이번에는 새로운 뭔가가 벌어졌다.

그가 숲에서 돌이 많은 산 옆을 지나는데, 장막만큼 큰 바위 하나가 갑자기 부서져, 그의 앞으로 미끄러져 내려와, 그의 앞길을 막아 버렸다.

깜짝 놀란 테무친은 자신의 말고삐를 단단히 쥐고서 자신의 말을 가까스로 멈추었다. 소년은 잠시 그 새 징후를 단단히 쳐다보았다. 미신을 믿는 사람에겐 그 일은 한 가지 메시지만 가지고 있었다: "가지 마라, 나쁜 것이 너를 위협할 것이다."

그는 자연이 -그의 보호자로서- 자신을 지켜 줄 것이니, 그에게 아무런 나쁜 일이란 생기지 않을 거야 하는 생각이 들었다. 그는 다시 한번 자신의 말머리를 돌려, 숲의 깊숙한 쪽으로 되돌아갔다.

여기저기서 그는 새들이 지저귀는 소리를 듣고, 그 새들이 그에게 이렇게 말하는 것 같았다. - "환영하네요, 친구! 네가 돌아와서, 좋아요!"

산속에 지내면서 그가 캐낸 뿌리들로는 그는 충분히 먹지 못했다. 그는 한 줌의 버섯을 구워 먹으려고 땄다. 하지만, 그가 불을 피우기 위해 부싯돌을 잡았을 때, 불을 피우면 연기가 날 것이고, 그러면 이를 보고, 그 적이 들이닥칠 수 있겠다는 생각이 들어, 이마저도 참아야 했다. 그렇게 그는 자신의 주린 배를 채울 기회도 놓쳤다.

그러면서 하루 이틀이 더 지나자, 그는 이제 더욱 기력을 잃어갔다.

소년은 자신의 몸을 나무에 기대앉아, 자신이 부르는 노래로 자신의 지루한 시간을 보내기로 노력했다. 그러나 아무 노래도 그의 머리에서 나오지 않고, 그는 오로지 자신의 영혼 저 깊숙한 곳에서 생겨나는 것만 주저리주저리 읊을 뿐이었다.

꿋꿋하시고 든든하신 어머니,
밝은 햇살 같은 예쁜 누이여,
내 형제들, 어린 전사들이여,
내가 살아 다시 내 가족을 만날 수 있으려나?

이런 슬픈 생각을 지우면서, 그는 곧장 숲을 한 번 산책하려고 자리를 박차고 벌떡 일어섰다. 그는 자신에게 말했다.

"이렇게 낙담하고 있으면 안 돼! 삶의 마지막 순간까지도 사람은 희망을 안고 살아가야지. 여기서 내가 기운을 차리지 못하면, 내가 여기서 살아나갈 수 없지!"

테무친은 자신에게 다시 용기를 내며, 모든 것이 잘 될 거라고 믿기 시작했다.

충직한 친구인 숲은
나를 숨겨주네.
나뭇잎들의 술렁거림,
새들의 지저귐은 이런 말을 하네:
-오, 나무뿌리야, 이슬아,
지금 멸망을 바라는 적으로부터
이 소년을 지켜다오!

자신이 그 숲에서 머문 지 열흘째 되는 날, 그는 내일이면 행운이 다시 나를 찾을 거야 생각하며, 자신의 은신처를 떠났다. 그가 여기서 더 오래 머문다면, 자신이 말에 오르지 못할 정도로 그만큼 몸이 쇠약해지리라는 것을 자각했다.

열흘째 되던 날, 여명의 순간을 맞아, 소년은 이미 익숙해진 길을 따라, 며칠 전에 이곳을 지나다 굴러 내려와 박혀 소년의 길을 막아버린 그 큰 바위를 에둘러서 말을 타고 지나갔다. 나뭇가지들 사이에서 그는 초원의 평지를 한 번 살펴보고는, 최대한 급히 말을 몰 준비를 했다.

그러나 그것은 생각대로 실현되지 못했다.

타이치우트 부족이 여전히 그 숲의 가장자리에 보초를 세워, 테무친이 나오기만을 기다리고 있었다. 그만큼 그들의 분노가 커서 열흘이나 잠복해서 그가 나오기만 기다리고 있었을 정도였다.

그들은 그렇게 숲에서 나온 테무친의 뒤를 급히 쫓아, 그를 붙들었다. 그들은 그의 두 손을 묶어, 타이치우트 부족의 유목 장막들이 있는 지역으로 데리고 갔다.

타이치우트 부족민은 자신들이 생포해온 이를 어떻게 할지 결정을 하지 못했다. 그를 살해할 것인가? 그들은 그건 원치 않았다. 그것은 그들이 지니고 있던 긴 집념에 비교한다면 너무 단순한 결말이 되어 버릴 것이고, 또 그런 비인도적 방식으로 처리하면 누군가로부터 비난을 받을 수도 있기 때문이었다.

그들은, 결국, 결정하기를, 저 포로를 모든 부족민이 돌아가며 하루씩 자신의 장막에서 지내게 해, 부족민 모두가 그를 괴롭힐 수 있게 했다. 그러고는 또 그가 달아나지 못하게, 또 그의 목숨이 더욱 쓰디쓰게 하려고, 네 조각의 널빤지를 서로 단단히 못질해 만든 '목칼 형틀'을 그의 목에 단단하게 씌우도록 했다.

그렇게 그들은 테무친을 이 장막에서 저 장막으로 내몰았다. 그들은 그에게 먹지도 못할 음식을 주로 먹게 하였다. 그러나 그런 못 먹을 정도의 음식도 -아흐레나 굶었으니- 진짜 잔치 음식처럼 여겨졌다. 테무친은 조금 조금씩 원기를 회복할 수 있었고, 나중엔 이전의 힘의 상태로 돌아왔다.

그러나 이 집 저 집에서 사람들이 그를 때리고, 욕하고, 또 온갖 방식으로 괴롭혔다. 그래도 그는 자신이 이 자리에서 벗어나 자유로워질 때를 꿈꾸며, 갖은 수모를 참아냈다.

그래도, 정말, 그를 불쌍히 여기는 유목 장막도 몇은 있었다. 다른 사람들이 보이지 않으면, 그런 장막의 주인이 좋은 음식을 그에게 주며, 위로의 말도 해 주었다.

그렇게 며칠이 지나갔다.

테무친의 염원은 더욱 단단해졌다. 지금의 고통쯤은 이제 더욱 쉽게 견뎌낼 정도가 되고, 동시에 그 자신도 자유로움에 대한 염원을 더 굳건하게 했다. - "만일 내가 살아남을 수 있다면, 꼭 복수하리라". 그는 자신에게 그렇게 다짐했다.

그리하여 보름날이 되었다.

이날, 몽골사람들은 여름의 시작을 알리는 축하행사를 했다. 이날에는 사람들은 보통 장막이 여럿 있는 곳에서나 외딴 장막에서도 장중한 축제를 즐긴다. 타이치우트 부족도 이날 축제를 준비하고 즐긴다.

"안녕들 하세요! 목칼 형틀을 차고 있는 녀석도 우리 축제에 오게 해요." 그 축제에 참석자 중 한 사람이 말했다. "우리가 축제를 즐기는 것을 그도 보게 해요."

그들은 자신들이 붙잡아 온 소년을 장막들 사이의 넓은 공터로 끌어내, 그 소년이 장막들 앞에서 펼쳐지는 축제를 그 옆자리에서 볼 수 있게 했다. 장막 안에 자리한 식구들은 무리를 지어 양털 깔개 위에 앉아 있었다. 그는 그런 가족 모습도 볼 수 있었다. 모든 장막의 사람들이 자신의 먹거리나 마실 거리를 다른 장막에 날아다 주며 음식을 서로 나눠 먹었다. 일단의 사람들이 목청을 다해 노래를 부르고, 그들 장막 앞에서는 '모린 후르' 15)라는 2 현금 악기와, '구즐라' 16)와 비슷한 악기도 준비되어 있었다. 그들은 자신들의 영웅을 그리는 옛 노래를 부르면서 '모린 후르'를 연주하기 시작했다.

오늘 테무친을 지키고 있는 이는 어느 어리석은 소년이다. 그의 임무는 자신의 눈에서 테무친을 놓치지 않는 것이다. 간혹 누군가 테무친에게 양고기 조각을 던져주고, 약간의 마유주도 가져다주었기에, 그 날에는 테무친은 배고프지 않았다.

'오호라, 만일 내가 내 가족과 함께 있었더라면,' 그는 생각했다. '오늘 우리도 축제를 즐기고 있겠지. 어머니는 당신의 어린 시절의 노래를 얼마나 기쁘게 불렀던가. 또 우린 그 노래를 얼마나 기쁘게 듣고 있었던가. 분명히 우리도 손님을 맞아, 기쁜 시간을 보냈겠지.'

저녁이 되었다. 모두가 '아르히' 술에 취해 있고, 테무친을 지키던 그 보초 또한 계속 선 채로 지켜보고 있기가 어려울 정도였다.

그때 소년 포로에게 번쩍 생각이 들었다: '지금이 바로 나의 자유를 위해 애쓸 특별 기회야.'

그는 자신의 목에 달린 목칼 형틀로 그 보초를 밀치고는, 다른 사람들이 이 상황을 알아차리기도 전에 서둘러 달아났다.

처음에 그는 인근 숲으로 달아나서 생각해 보니, 어느 때이고 사람들이 그를 다시 찾아내 잡아갈 것 같았다. 그러자

---

15) *역주: 마두금(馬頭琴). 몽골전통악기. 두 개의 현을 가진 찰현악기. 말머리 장식을 한 현악기.
16) *역주: 구즐라(달마티아 지방의 1현(絃) 바이올린).

그는 갑자기 자신의 도망치는 방향을 그 유목 장막이 있는 곳에서 수백 미터 떨어져, 흐르고 있는 오논강 쪽으로 고쳐 잡았다.

그가 그 강물에 뛰어들어 보니, 이 계절에는 그리 차갑지 않았다. 차가움에 점차 익숙해진 그는 강의 중앙까지 헤엄쳐 가, 그곳에서 자신의 배를 위쪽으로 하고 자신의 등을 물에 기대어 자신의 몸을 물살에 맡겼다. 그렇게 물살에 떠내려가 면서도 그는 가만히 있었다. 목칼 형틀로 인해 그는 강물에 오래 떠 있을 수 있었다.

그때 타이치우트 부족민들이 정신 차려 보고는 스스로 화를 냈다.

"이럴 수가? 그 빌어먹을 놈이 우리를 속이고 내뺐다니?" 누군가 고함을 질러댔다. "그가 내뺀 걸 가만두지 않을 테다. 이제 우리가 어떤 사람인지를 그에게 보여주겠어."

"가장 좋게는, 즉시 사방으로 흩어져 찾아보세." 가장 나이 많은 한 장막 주인이 말했다. "자신이 담당한 구역을 잘 살펴. 목칼 형틀을 차고서는 그리 멀리 못 갔을 거야."

사람들이 사방으로 뿔뿔이 헤어져 모든 나무마다 그 소년을 수색했다. 그들은 나무 위도 올려다보며, 그 소년이 그 나무 위로 올라갔을지도 모르는 일이라고 여겼다. 그러나 아무 데도 그를 찾아낼 수 없었다.

타이치우트 부족민 중 소르칸쉬라 라는 이가 오논강 주변을 수색했다. 갑자기 그는 그 강의 한가운데서 뭔가가 떠 있음을 알아차렸다. 물속으로 헤엄쳐 들어가서, 달빛에 무엇이 있는지 그가 살펴보니, 목칼 형틀을 찬 그 소년 포로가 그곳에 있음을 알게 되었다. 그는 그 소년에게 다가가서 이렇게 말했다:

"이제 걱정하지 않아도 되네, 젊은이! 바로 자네의 명석함과 또 자네 두 눈의 총기 때문에 우리 부족민은 자네를 부러워하네. 자네가 있고 싶은 곳에 그렇게 그대로 있게. 난 자네를 찾았다고 우리 부족민에게 알리지는 않겠네."

비록 그가 적이라도 사람답게 행동하는 모습을 보자, 테무친은 놀랐지만, 그에 일절 답하지 않았다. 그러나 밤에 물속에 있던 그 두 사람은, 밤에는 살얼음이 얼 정도의 차가운 산촌의 강물에, 각자의 이가 탁탁- 소리를 냈다. 소년은 자신에게 얼마나 오랫동안 자신이 버틸 수 있는지 물어보았다.

얼마 지나, 추적을 나갔던 사람들이 자신들의 장막이 있는 곳으로 되돌아오기 시작했다. 모두가 빈손으로 돌아왔다. 마지막 추적자가 돌아왔을 때, 그들은 그 달아난 소년을 큰 목소리로 비난했다. 그래서 다시 한번 그 소년을 찾아내도록 사람들을 보냈다. 이번에 그 소년을 꼭 붙들어 오지 못하면, 추적자들도 귀가하지 말라고 했다.

그때 소르칸쉬라는, 아주 배신적으로 제안하기를, 추적자들 모두 이전에 자신이 갔던 곳을 다시 한번 수색하자고 제안하며, 지금은 이전보다 더 꼼꼼하게 살펴야 한다고 했다.

그렇게 일이 벌어졌다.

추적자들은 모두 각자의 방향으로 흩어졌다. 그렇게 소르칸쉬라가 다시 그 강가로 왔다. 그 사이에 강물에 쓸려 오백 미터 정도 테무친은 떠내려갔다. 소르칸쉬라가 작은 소리로 그 소년에게 말했다.

"다른 아무것도 신경 쓰지 말고, 자네 자신을 지킬 것만 생각하게!"

하지만 테무친에겐 자신만 지키기도 쉽지 않았다. 그는 자신의 몸이 곧 얼게 될지도 모른다는 느낌이 왔다. 그가 재채기해야 할 필요가 있었지만, 그때마다 그는 참는 데 성공했다. 만일 그가 재채기하면, 자신의 위치가 노출되기 때문이었다.

그렇게 하여 다시 모든 추적자가 아무 소득 없이 돌아오자, 회의가 다시 시작되었다. 사람들은 그 소년을 찾아내기 위해 세 번째의 추적을 진행하기로 했다.

"그놈이 그 형틀을 목에 차고서는 그리 멀리 가지는 못했을 거요." 회의에 참석한 사람 중 한 사람이 말했다.

"날개가 그에게 새로 생겨난다 해도, 그놈은 우리에게서 내빼는 일에 성공하지 못할 겁니다." 다른 사람이 거들었다.

"내가 만일 그놈을 붙잡으면, 기꺼이 그놈을 회전 구이통에 달아매, 그놈을 구워버릴 테다. 그놈이 우리를 이렇게도 괴롭히니." 셋째 사람이 말했다.

이전과 같은 방식으로 소르칸쉬라가 강변 수색 임무를 맡았다. 이번에도 그는 테무친에게 다가와 말을 걸었다:

"이번 수색이 끝나면, 우리는 가장 빨리 각자의 집으로 돌아갈 걸세. 그러니 자네도, 새벽이 되기 전에, 강에서 나와 자네 구역으로 가게. 그리고 거기서 자네 어머니와 형제자매를 만나게나. 그분들이 자네를 기다리고 있을 걸세. 만일 누가 자네를 발견해도, 우리가 서로 만나 대화를 나눴다는 말은 하지 말게. 그것이 내겐 큰 재앙을 가져오게 될 수도 있으니."

테무친이 그렇게 혼자 남자, 그는 다시 생각에 잠기었다. '내가, 오늘 저녁에 만난 소르칸쉬라의 장막에서 그 집 포로로 밤을 지새운다면, 그 집의 두 아들이 내 처지를 불쌍히 여겨 내게 채워진 목칼도 풀어 주고, 나를 자유로이 가게 해 줄지도 몰라. 지금, 소르칸쉬라가 나를 찾아온 지금, 그는 나를 배신하지는 않을 것이다. 아마 그의 가족은, 만일 내가, 그 사람의 장막에 성공적으로 도착한다면, 나를 변호해 줄지도 몰라. 어쨌든, 그것은 내게 남아 있는 마지막 해결책이 될 수도 있어.'

*몽골전통악기 모린 후르(유네스코 인류무형문화유산)
(2017년 10월호 〈Morning Calm〉 표지)

6. 얕은 수풀에서의 참새

테무친은 새벽까지 기다리지 않고, 가장 빠른 해결책이 될 만한 것을 실행해 보기를 결심했다.

그는 강물에서 나왔다. 차가운 공기가 그의 마른 몸을 채 찍질처럼 때렸다. 그래도 그는 오논강 강변을 내달려, 그 장막들의 무리에서 좀 멀리 떨어져, 외로이 자리 잡은 소르칸 쉬라의 장막을 향했다.

그는 한밤중의 매서운 추위 속에 떡-떡- 얼어붙은 옷에, 목칼 형틀을 자신의 목에 매단 채로 그 장막으로 갔다. 관습대로 그는 그 장막 출입문을 두들김도 없이 열어, 그 안으로 급히 들어섰다.

활발히 타고 있는 화로 불빛을 통해 그 집주인은 곧장 그를 알아보았다. 그러나 그는 깜짝 놀라, 환영한다는 인사말 대신에 그 자리에서 벌떡 일어섰다.

"내가 자네더러 자네 집으로 가라고 말하지 않았던가? 자네가, 만일 자네가 이곳에 온 것을 누가 보기라도 하면, 자네로 인해 우리 집에는 불행만 가져오게 되는 거야. 왜 자네는 이곳으로 왔는가?"

테무친은 아래로 자신의 눈길을 내린 채 수줍게 서 있었다. 그는 자신이 불쌍한 존재임을 상대방에게 보였다. 소르칸쉬라는 아들이 둘 있었는데 그들이 그를 거들었다.

"매가 참새를 쫓아가면, 참새는 자신을 얕은 수풀에 숨깁니다. 그때 수풀은 참새를 내쫓지 않거든요. 대신 수풀은 참새를 보호해주며 품어 줍니다. 그게 자연의 이치입니다. 우리가 저 단순한 수풀보다도 못한 존재인가요? 왜 아버지는 우리 장막을 은신처로 택해 이곳을 찾은 저 소년을 비난하십니까? 또 아버지는 당신 가르침을 잘 아시지 않습니까? 이 장막이란 곳은 그 안에 들어서는 사람이 친구이든지 적이든지 독립적으로 각각 우리 손님으로 맞이하는 신성한 곳이라고 하셨어요. 그런 가르침을 저희는 실천하고 싶습니다."

아버지의 불호령을 기다리지도 않고, 그 두 아들은 테무친의 목칼 형틀을 깨뜨려, 그것을 자신들의 화로에 집어넣어 버렸다. 그들은 테무친이 입고 있는 얼어버린 전통의상 '델'을 벗게 하고는, 그에게 자신들이 입는 외투로 바꿔 입혀 주었다. 또 테무친을 불가로 오게 해, 그가 따뜻한 외투로 덮고서 이 밤의 남은 시간을 편히 지낼 수 있도록 했다.

그러나 새벽에 소르칸쉬라는 걱정이 되어 침대에서 일어나, 자신의 장막으로 추적자들이 찾아올까 봐, 또 자신의 보호 아래 있는 이 어린 도망자를 그들이 발견하기라도 하면 어찌 될까 하는 걱정을 하였다. 그 점을 그는 자기 아이들에게 설명하고는, 함께 의논한 결과, 테무친을 장막 뒤편에 있는, 양털이 가득 실려 있는 마차 속에 숨겨 놓기를 결심했다.

그렇게 그들은 실행했다. 테무친은 온전히 양털 짐이 가득 실린 마차 안으로 들어갔다.

그렇게 소년은 잘 숨게 되었으나, 그가 숨은 자리는 조금도 호의적이지는 않았다. 처음에 그는 겨우 숨을 쉴 수 있었다. 그때, 그가 더듬어보니, 마차 바닥까지에 놓인 두 개의 선반 사이에 2cm 정도의 좁은 틈새가 있음을 짐작할 수 있었다. 그래서 그는 마차 밑바닥에 자신의 배를 깔고서, 그런 틈새로 자유로이 숨은 내쉴 수 있었다. 양털 무더기 무게는 그리 무겁지 않았고, 또 이른 아침에는 양털 무더기가 그의 몸을 따뜻하게 해주니, 그는 이제는 전혀 괴롭지 않았다. 한낮이 되어서야 그의 몸이 땀이 날 정도가 되었다. 그때야 그는 간밤에 그 온몸이 얼어버릴 것 같은 강물에서 어떻게 시간을 보냈는지 생각이 났다. 지금 생각해 보니, 이곳의 상황이 어제의 참담한 상황에 비해 다소 낫다고 느껴졌다.

장막의 형제 중 한 사람이 낮에 그에게 음식을 가져와, 은신처에서 나오지 않고서도 그는 음식을 먹을 수 있었다.

그날에는 그는 아무 특별한 사건 없이 지냈고, 다음날도 마찬가지였다. 숨이 막히면서도 따뜻한 그 은신처에서 지내다 보니, 이제 테무친은 더는 이곳에 있으면 안 되겠다며, 이제 자신을 참지 못할 정도가 되었다. 언제까지 그가 그렇게 숨어 있어야 하는지 궁금했다.

사흘째 되던 날까지도 타이치우트 부족민들은 축제를 즐기느라, 또 내뺀 소년 포로를 수색하느라 지친 자신들의 몸을 휴식하고 있었다. 그러면서 그들은 다시 한번 그 도망자가 자신의 목칼 형틀을 찬 채로는 그리 멀리는 못 갔을 것이라며, 분명 이곳 가까이 어딘가에 여전히 있을 것이라며, 자신들의 생각을 정리해 보기 시작했다.

그래서 그들은 수색을 다시 이어가기로 했다. 그들은 먼저 자신들이 사는 모든 유목 장막부터 수색해 보자며, 필시 그 도망자가 누군가의 장막에 숨어 있을 거라는 생각을 모았다.

수색이 다시 진행되었다. 그날 낮에, 네 명의 수색대원이 소르칸쉬라가 거주하는 장막에 도착했다.

"화를 내지 마십시오. 소르칸쉬라 바투르[17] 님," 수색대원 중 한 청년이 아주 용감한 사람에게만 부여하는 호칭을 존경심으로 그에게 부치면서 말했다. "저희가 그 악동을 찾아내려면 이곳 장막도 수색해야 합니다."

"수색하게, 뜻대로. 우리도 그 녀석을 찾기를 바라네," 소르칸쉬라는 자신이 온전히는 솔직하지 않게 그렇게 말했다.

그들은 장막 안의 침대 이불도 뒤집어 보고, 모든 상자도 열어 보고, 바닥에 늘린 천도 들어 올려 보았다. 그들은 가마솥도 자세히 들여다보았다. 한 사람은 출입문 옆에 매달려 있는 가죽 주머니도 만져 보았다. 정말 그 안에 마유주가 있나, 그 안에 도망자가 있나 알아보았다. 장막 안의 수색도 소득이 없었다.

그때 수색자들은 장막을 나와, 장막 주변을 샅샅이 둘러보기 시작했다. 양들을 키우는 외양간도 살펴보고, 말과 말 사이도 둘러 보았다. 그들 중 한 사람이 마차 위에 놓여 있는 양털 무더기를 하나둘씩 치우기 시작하였다. 그러자 소르칸쉬라는 그 수색대원을 좀 도와주려는 듯이, 또 농담하듯이 말했다.

"친구들, 자네들은 스스로 웃음을 만들지는 말게, 자네들 누구라도 저만큼 많은 양털 무더기 아래 들어 있으면 자네가 살 수 있겠나!"

수색대원들은 스스로 질식할 듯한 한낮의 더위로 인해 땀이 나, 그곳엔 도망자가 없다며, 수색을 중단하고, 그 집주인

---

17) *역주: 바투르는 '용사'라는 뜻.

에게 다른 이웃 장막으로 가려 한다며 작별인사를 했다.

테무친은 마차의 널빤지들의 틈새로 이 모든 것을 들을 수 있었다. 우리는 그가 그 순간 자기 목숨을 지키기 위해 얼마나 떨면서 무서워했을지 상상할 수 있다. 그가 수색대원들이 작별하는 인사 소리를 듣자, 그는 그제야 자유로운 숨을 내쉬었다. 그는 이 순간, 자신이 다행스럽게도 자신의 목숨은 구할 수 있었음을 알았지만, 그래도 여전히 자신의 어찌할 수 없는 상황에서 자유로이 움직일 수는 없었다.

그 장막 식구들은, 수색대원들이 다시는 오지 않음을 확신한 늦은 저녁이 되어서야, 양모 무더기를 밀쳐내고, 테무친을 꺼내주었다. 그는 창백해 있었고, 자신의 두 발로 겨우 자신의 몸을 가눌 수 있을 정도였다. 소르칸쉬라가 그에게 말했다:

"저들이 자네 때문에 나를 거의 죽이려고 했지! 자네 어머니와 형제자매를 찾아, 어서 가게. 그분들은 필시 자네 걱정을 하고 있을 거야."

장막 주인은 그 소년 도망자에게 활달한 갈색 말 한 필과 안장을 내어주었다. 주인은 충분한 양의 삶은 고기를 배낭 주머니에 담고, 두 개의 가죽 병에 마유주를 가득 채워주었다. 또 그에게 화살도 주고, 활도 두 개 내어주었다, 혹시 적들이 옆에서 나타나 언제 공격해 올지 모른다며, 그 소년 자신을 지킬 수 있도록 했다. 하지만 그가 부싯돌은 주지 않았다. 그 소년이 불을 지를지도 모를 유혹에 빠져들지 않게 했다. 왜냐하면, 불을 피워 연기가 나면 그 소년은 발각되기 때문이었으리라.

"행운이 자네에게 있기를! 자네를 대초원의 영령이 지켜 줄 걸세." 소르칸쉬라는 말했다. 그러자 테무친은 말안장에 올 라탔다.

"소르칸쉬라 바투르 님께 고맙다는 말씀을 드립니다. 저 는 이곳 주인과 두 아드님이 베푸신 은혜를 절대 잊지 않겠 습니다. 안녕히 계십시오!" 테무친은 낮은 소리로 말했다.

"조심해서 가요. 또 서둘러요." 아들 중 한 사람이 말했다.

테무친은 떠날 준비가 되어 있었으나, 아직 꼼짝없이 서 있었다. 그는 심장이 강하게 뛰는 것을 느꼈다.

그는 같은 나이 또래처럼 보이는 그 장막 아들들을 한 번 쳐다보고는, 그들의 관심에, 우호적인 눈길에 주목했다.

겨우 그는 감동에 잠긴 목소리로 말하는 것에 성공했다.

"친구들…. 나의 형제들이여…. 절대로 나는 이 두 아드님 이 내게 베푼 모든 것을 잊지 않겠어요."

그러고는 그는 말에 박차를 가하고, 말을 급히 달려 자신 을 대초원으로 향했다.

그렇게 그는 밤새도록 달렸다.

하늘의 별들이 그에게 길을 알려 주었다. 그 자신은 하늘 의 별 무리 중에서 방향을 알려주고, 도움을 주는 별들을 인 식할 수 있었다. 그것은, 아무 방향을 모른 채, 다른 가능성 이 전혀 없는 이 넓은 대초원의 땅에서 살아가는 말 타는 사람이라면 가지고 있는 필수 기본지식이었다.

그가, 적으로부터 자신과 가족을 지키기 위해 자신들이 보루를 만들어 그 속에서 가족이 함께 지냈던, 숲의 바로 그 장소에 다시 도착했을 때는 이른 아침이었다.

그는 그곳에서 지난날 마지막으로 자신의 가족과 헤어진 때를 생각해 냈다.

그는 말안장에서 뛰어내려, 그곳에서 샅샅이 살펴보았다. 마침내 그는 자기 가족이 피신한 방향을 알려주는 단서를 발견했다.

그는 다시 말안장에 올라, 그 자취를 따라갔다.

그 자취들은 그를 오논강으로 안내했고, 강변을 따라서, 그 강의 상류로 그는 계속 살펴보았다. 오논강의 합류 지점과 연결된 샛강에 도착하여, 그 강변을 따라, 자기 가족의 발자취를 서둘러 찾아갔다.

마침내 그는 눈에 익은 장막 하나를 발견했다.

그렇게 그에게는 고귀한 그 장막을 찾게 되었다.

다시 만남으로 인한 기쁨은 정말 컸다.

특히 그의 어머니는 이제는 자신의 장남을 다시 못 보게 되었다고 탄식하며 세월을 보낼 생각을 하고 있었기에 그 기쁨은 더욱더 컸다.

말없이 테무친은 어머니를 껴안고, 나중에 형제들을 각각 껴안았다. 마침내 테무친은 이 집에서 가장 어린 누이를 가장 오랫동안 껴안았다.

"그래, 이제야 나는 살아서 동생들과 함께 지금 있구나," 그렇게 도착한 테무친은 자신 앞에서 궁금해하는 모든 질문에 그렇게 대답했다. 왜냐하면, 그가 겪은 모든 체험과 고충을 소상히 말해 줄 수는 없었다. 그렇게 서로 떨어져 있던 기간은 한 달이 채 못 되는 기간이었다.

테무친은 그 이야기를 어디서 시작해야 할지 모를 지경이었다. 그만큼 그는 자신의 마음속에 할 이야기가 많았다.

어머니는 쳐다보고 또 쳐다봐도 싫증이 나지 않을 정도로 자식들을 보고 있었다.

그 짧고도 긴 한 달 만에 그 소년은 이제 성인이 되어 있었다.

그는, 비록 열세 살의 나이에 불과했지만, 더는 이전의 소년이 아니었다. 그가 한 달 못 된 기간에 경험한 모든 것은, 그의 체험을 풍성하게 했고, 또한 인간 본성에 대한 지식을 풍부하게 해 주었다. 그러면서도 그는 자신 안에 수많은 슬픔도 갖게 되고, 또 적의 공격에 맞서려면 자신이 강해져야만 한다는 염원을 갖게 되었다.

그로부터 앞으로의 세월 동안, 가족에게는 즐거움도 있었다. 모든 가족 구성원들은 자신들이 있으므로 해서 서로 기뻐했다.

그러나 그들의 그런 유쾌함 속에서도 그들의 궁핍한 생활은 끝이 없었다. 그들과 앙숙인 이웃의 적들은 평화 속에 그들을 내버려 두지 않았다. 그 적들은 다시 이 테무친 가족이 잘 지내고 있다는 것을 보면 곧장 쳐들어올 것이다.

7. 말 훔친 자들을 뒤쫓다

테무친의 일생은 수백 년 전에 지은 『몽골의 비밀 역사』 안에 자세히 기록되어 있다. 그 속에서 테무친은 지금[18]부터 약 800년 전인 1155년 출생[19] 한 것으로 기록되어 있다. 오랜 세월이 지났음에도 불구하고 이 옛 역사책의 붉은 두꺼운 겉표지들 사이에 한 소년의 운명이 어떻게 이렇게 잘 보존되어 전해졌을까?

그것은 아마 그 소년이 몽골 민족사에 특별 위치를 갖게 된 운명 속에 살았기 때문이었으리라.

또 그렇게, 다음 이야기도 기록되어 있었다고 했다. 그 라마승 스님은 자신의 이야기를 이어갔다.

어느 날 갑자기, 도둑들이 테무친이 사는 유목 장막을 급습해, 그곳에 키우던 8마리 말을 -그곳에 있던 말이 모두 8마리였다- 풀어 그 말들을 모두 끌고 가버렸다.

그것도 대낮에.

테무친과 그 가족이 이 모든 것을 보고도 어떤 식으로든 막을 수 없었다.

테무친과 남동생이 그 도둑들을 뒤쫓아 뛰어갔다.

하지만 그 두 사람이 타고 추적할 수 있는 말이 모두 없어

---

18) *역주: 이 전기 소설이 발행된 해는 1979년이다. 저자 티보르 세켈리가 몽골을 방문한 해는 1965년 후반 3개월이다.
19) *역주: 테무친의 출생연도에 대해 다양한 설이 있다. 1155년 또는 1162년, 또는 1167년으로.

졌으니, 그 두 사람은 크게 고함만 지르며, 그 말들을 돌려 달라 애원해 봤다. 그래도 모든 것은 헛일이 되어 버렸다.

저녁이 되어서야 테무친의 또 배다른 형제 벨구테이가 자신의 말 -이 가족에게는 아홉째 말- 을 끌고 사냥에서 돌아왔다. 그 말이 가족에게 남겨진 유일한 말이다. 그는 자신의 말 고삐를 잡고 끌고 왔다. 왜냐하면, 그가 사냥해온 오소리들이 말에 너무 많이 실려, 말은 겨우 걸음을 내디딜 정도였다.

식구들이 그에게 오늘 당한 일을 이야기하자, 그는 곧장 그 말 도둑 떼를 뒤쫓아 가려고 했다. 그러나 그 뒤쫓는 일은 테무친의 몫이었다.

"형은 사냥을 저렇게 많이 해 왔으니, 좀 쉬어." 테무친이 배다른 형제에게 이 일은 자신에게 양보하라고 말했다.

"우리에게 말 한 마리 더 있으면, 정말 기꺼이 둘이 가야지. 우리가 함께하면 더 빨리 우리 말들을 되찾아 올 수 있어."

"당연하지. 테무친, 너는 혼자서도 잘 해낼 수 있음도 의심하지 않아." 벨구테이가 말했다.

다음날 테무친은 말 도둑 떼를 찾아 자신의 말 위에서 달리고 있었다. 사흘간 그는 그 높은 고원의 대초원 풀 위에서 그 말들의 자취를 뒤따라갔다. 밤에는 내일을 위해 조금 쉬어야만 했다. 그 자취를 놓치지 않으려면 멈춰야 했다. 그는 어느 계곡에 몸을 숨겨, 그곳에서 자신의 추적을 이어가기 위해 아침이 될 때까지 휴식했다. 어찌하면 저 혼자 그 말 도둑 떼와 싸워 이겨낼지 많은 궁리도 했다. 그래도 아무런 합당한 결론을 얻지 못하자, 그는 이제는 저 하늘의 착한 별이 자신을 도와주리라 믿었다.

나흘째 되던 날, 그는 어느 큰 말무리를 발견하였다. 그곳에 다가가니 어떤 소년이 암말에서 젖을 짜고 있었다. 테무친이 그에게 가서 사정을 말하며, 8마리 말을 몰아가던 사람들이 있었는지 물었다.

그 소년이 대답했다.

"오늘, 오늘 아침에 네가 말하던 그런 무리가 지나갔어. 내가 그 사람들이 지나간 쪽을 알려 줄게."

곧장 그는 자신이 하던 일을 멈추고, 테무친에게 새로 백마 한 필을 내주고, 자신도 자신의 갈색 말에 올라탔다. 그러고는 그는 덧붙여 말했다.

"친구여, 나는 친구가 아주 큰 어려움을 당한 것을 알겠네. 힘든 상황에서 서로 돕는 것이 사내가 할 일이지. 나는 친구를 돕겠어. 그리고 오늘만 아니라, 친구가 도움이 필요하면 언제라도 도울게. 나는 친구인 너와 의형제가 되고 싶어, 나는 보르추 라고 해. 나쿠 바얀이 내 아버지이시고, 난 외동아들이야."

테무친은 어찌해야 할지 몰랐으나, 보르추가 그렇게 아름다운 제안을 하니, 정말 고마웠다. 특히 그가 함께 도와주겠다는 말에 깜짝 놀랐다.

테무친이 지난밤에 어찌하면 좋을지 고민하다가 나중에는 좋은 별이 해결해 줄 거로 믿었는데, 그 좋은 별이란 것이 바로 이 친구를 말하는구나 하고 믿었다.

그는 준비를 마치고 대답했다.

"의형제 보르추, 오늘부터 나도 너의 충실한 어깨동무가 될게. 내 이름은 테무친이라고 해. 우리 가문에서는 내가 우리 가문을 대표하지. 만일 우리가 함께하면, 아무도 우리를 이기지 못하리라고 난 믿어."

각자 한 손씩 내밀어 단단히 형제가 됨을 결의했다. 그러고는 더는 시간을 허비하지 않고, 그 둘은 말을 되찾는 길에 올랐다.

온종일 그들은 대초원의 풀 위에서 그 자취를 따라갔다. 그리고 마찬가지로 이틀이나 더 달렸다.

갑자기 저 앞에 몇 개의 유목 장막이 보였는데, 그 장막 주변에 양을 모아둔 우리가 여럿 보였다. 그 우리 부근에 말 8마리가 풀을 뜯고 있었다.

"보르추 형제," 테무친이 말했다. "저게 내가 찾던 그 말들이야! 여기서 기다려, 내가 저들을 챙겨 올게."

그러나 보르추는 말을 되받았다.

"왜 내가 여기 남아 있어? 나는 의형제로서 왔거든. 이는 우리가 가장 어려운 순간도 함께 나눠야 한다는 거지. 안 그래?"

곧장 그들은 함께 그 양들이 있는 곳을 공격해, 그곳에 있던 말을 꺼낼 수 있었다.

그곳 사람들이 나중에 장막에서 나와 보니, 깜짝 놀라 자신들의 말에 올라, 그 두 사람을 뒤쫓았다.

그 추격자들은 그 두 의형제보다 우월한 장점을 갖고 있었다. 테무친 일행은 그렇게 서둘러 달릴 수 없었다. 자신의 말 8필이 흩어지지 않게 돌보는 일도 해야 하니. 그렇게 그 추격자들과 테무친 일행과의 거리가 좁혀졌다.

특히 그 추격자 중 한 사람은 백마를 탄 사람이었는데, 자기 일행보다는 더 빨리 달렸다. 그만큼 그는 테무친 일행을 위협하며, 그들과 가까워졌다.

그때 보르추가 자기 의형제인 친구에게 말했다:

"의형제, 내게 너의 활과 화살을 주게. 내가 저 사람과 싸울게."

그러나 테무친은 그에게 반박했다.

"내 일 때문에 의형제가 나쁜 일을 당하면 안 되지. 내가 싸울게."

그는 몸을 돌려 활을 쏠 준비를 했다.

그러자 그 순간, 그 추격자는 다른 동료들을 기다리려고 그만 추격을 멈추었다. 그때 테무친은 다시 몸을 돌려, 그 의형제를 따라갔다. 그는 자신을 뒤쫓던 자에게 화살을 사용하지 않아 다행이라고 여겼다.

이제 곧 해가 지고 저녁이 되었다.

작은 산의 뒤편을 넘어가다가, 보르추와 테무친은 그 추격자들을 속이려고 거짓 방향을 잡은 것처럼 하기를 결정했다.

저물녘이 되자 그 추격해오던 자들은 그 두 사람을 더는 볼 수 없었다. 그러자 그들은 이제 추격을 포기하고는 곧장 발길을 돌려, 어둠 속으로 사라졌다.

그렇게 되자, 그 의형제들은 이제 안심이 되었다.

이제 그 두 의형제는 자신들의 말을 달리는 속도를 늦추고, 진심으로 웃을 수 있었다.

"이 일은 내가 희망했던 것보다 훨씬 쉽게 성공적으로 마무리했네." 보르추가 말했다.

"의형제가 있었기에 쉽게 되었지. 내 혼자는 어찌해야 할지 몰랐거든." 테무친이 덧붙여 말했고, 곧 두 사람은 다시 웃을 수 있었다.

별들이 떨고, 대초원이 한숨 쉬고,
어둠이 땅을 짓누르고,
창공은 장막을 높이 에워싸도
용기를 주는 별을 보내었네;
우리 말은 세찬 바람을 일으키네,
나도, 형제도 함께.

노래를 함께 부르면서 그들은 자신의 기분을 즐겼다.

그들은 다시 웃었다. 그들 자신이 이 노래의 마지막 부분을 생각해 내자, 그 구절이 잘 어울리는 것 같았다.

또 사흘이나 더 말을 달렸어도 상대적으로 시간은 더 빨리 지나간 것 같았다. 왜냐하면, 그 의형제 둘은 호흡이 아주 잘 맞았기 때문이었다. 그들은 서로 대화를 나누고, 농담도 주고받고, 간혹 노래도 함께 부르기도 했다. 지금 이 순간처럼 그 사흘이 그렇게 빨리 지나간 적이 없었다.

마침내 그 두 사람은 자신들이 함께 출발했던 보르추가 사는 장막에 도착했다.

그들은 조금 쉬기 위해 말안장에서 내렸다. 테무친이 그에게 말했다.

"의형제, 너의 도움 덕분에, 내 말들을 다시 찾게 되었어. 나는 저 말들을 너와 나누고 싶은데, 말해 봐, 몇 마리를 줄까?"

그러자 보르추는 화를 벌컥 내며 대답했다:

"내가 의형제인 너를 따라나선 것은, 너와 의형제가 되려고 했고, 또 네 어려움을 보고 돕고 싶은 생각도 들어서거든. 내가 봉사의 대가를 요구한다면, 그게 무슨 도움이라고 할 수 있겠니? 저 말들은 원래 네 것이고, 지금도 너의 것이 되어야지! 이미 너에게 말했듯이, 난 나쿠 바얀의 외아들이니, 내게 필요한 만큼은 아버지로부터 물려받으면 되지."

그렇게, 두 사람은 걸어서 나쿠 바얀의 유목 장막이 자리한 곳까지 왔다.

그 집에서는 자신의 외아들 보르추가 없어졌다가 사흘 만에 다시 보자, 정말 아주 기뻐했다. 왜냐하면, 그 부모는 자기 아들이 영원히 종적을 감추었다고 믿고, 심지어 울먹이기까지도 했다.

나쿠 바얀은 자신의 옆에 자기 외아들이 함께 있음을 보자, 기쁨을 참지 못하고 또 울먹였다. 그런데도 그는 자기 아들을 질책하지 않을 수 없었다. 아들이 자신의 유목 장막을 떠나면서 그 이유도 말해주지 않고 사라졌기 때문이다. 그래서 그는 자신의 외아들을 꾸짖었다. "정말 네게 무슨 일이 있었니?"

"무슨 일이 있었느냐고요?" 보르추가 다시 말을 했다. "아무 특별한 것은 없었습니다. 제 친구가 큰 어려움을 당해 저를 찾아 왔어요. 저는 이 친구와 의형제가 되기를 결심했어요. 그를 처음 만날 때부터 제 마음에 들었기 때문입니다. 또 의형제로서 제가 그를 돕기로 마음먹었어요. 이제, 그런 일이 있었어요. 이제 다시 집에 와 있게 되었지요, 아버지."

"잘 했구나, 내 아들아. 이제 생각해 보니. 내가 늘 너에게 가르쳐준 대로, 우정을 귀하게 여기고, 또 의형제와의 우정도 존중할 줄 아는구나. 지금 보니, 네가 의형제를 얻게 되었구나. 이제는 네가 이 아비의 유목 장막에서 멀리 떨어져 있어도, 너는 더는 외롭지 않겠구나."

그런 만남의 첫날에 온종일 축하의 자리가 벌어졌다.

구운 수컷 양고기, 마유주와 소금기가 있는 차, 또 다른 여러 음식과 마실 것을 앞에 두고 축연이 벌어졌다.

그렇게 휴식을 잘 하고서 다음 날, 테무친은 다시 출발했다. 의형제 가족이 온갖 음식과 마실 것을 그를 위해 싸 주었다. 그러고서 나쿠 바얀은 말했다.

"테무친 자네와 내 아들은 둘 다 젊으니! 자네들이 의형제가 된 지금, 서로를 잘 지켜 주게! 또 어려움이 있을 때마다 외롭지 않게 도와주게. 인생에서 연대감이란 많은 것을 의미한단다. 실 한 가닥은 어린애도 간단히 끊을 수 있지. 하지만 그게 한 가닥이 아니라, 수많은 가닥으로 된, 하나의 실타래가 되면, 그 실타래는 사람들이 끊으려 해도 쉽사리 끊어지지 않는단다."

마유주를 몇 모금 더 마신 뒤, 그는 말을 이어갔다:

"우리 몽골사람들에게 있어 가장 큰 아쉬움이라면, 서로를 증오심으로 대하고, 서로를 탐심으로 대하며, 또 서로를 싸움의 대상으로 대한다는 것이네. 만일 우리가 통일된 모습을 보인다면, 온 세상이 우리 것이 될 수도 있다네! 자네들, 두 사람은 그 점을 잘 기억하게. 젊은 자네들이 오늘날의,

우리 대초원의 세계를 바꿀 수 있음도 기억해 주게."

나쿠 바얀의 그 마지막 말은 여전히 오랫동안 젊은 테무친의 귓가에 남아 있었다.

한편 테무친은 혼자서 9필의 말과, 보르추가 준 열째 말을 함께 몰아, 이제 연초록으로 빛나는 저 머나먼 대초원으로 달려갔다.

'이 세상 모두가 우리의 것이 될 수 있어.' 테무친은 주변의 여러 부족을 어떻게 하면 하나로 만들 수 있을지 궁리해가며 머릿속에 그런 생각이 떠나지 않았다.

사실, 그 자신은 왜 부족들이 서로를 적으로 여기며, 으르렁대는지를 명확히 모르고 있음을 이제야 이해할 수 있었다. 귀행 길에 그의 머릿속에 즐거운 생각도 들고, 괴롭히는 생각도 들었지만, 그러면서도 시간이 그렇게 빨리 지나는 것에 자신도 놀랐다.

어느새, 눈치채지도 못한 채, 이미 그는 자신이 살던 유목장막 앞에 다다랐다. 그제야 겨우 알아차린 것은, 사흘간이나 자신이 말을 달려왔다는 것이다.

그 가족은 테무친이 그 잃어버린 8필의 말을 어떻게 찾아내, 다시 몰고 올 수 있었는지를 보면서 놀라워하며 반갑게 맞이했다. 그렇게 용감하게 이뤄낸 성공은 그의 일가친지뿐만 아니라, 그 이웃 사람들도 알게 되었다.

다음 날, 테무친은 이복형제 벨구테이와 사냥하러 갔다. 그들은 기분이 썩 좋았다. 잠시 휴식하던 때에, 벨구테이가 테무친에게 물었다.

"테무친, 너는 정말 대단하고 용감한 일을 해냈어. 나도 이제부터 테무친, 너를 정말 존경하고 싶어! 그 8필 말을 어떻게 되찾아 구해 내는 데 성공했는지를 이야기해 줄 수 있어? 나는 테무친, 너에게 많은 것을 앞으로 배워야겠어."

"벨구테이 형, 나도 그리 해주고 싶어. 그 성공의 비밀을 설명해 줄게. 그 비밀이란, 내가 혼자가 아니라는 점이지. 그 말들을 되찾으러 가면서, 나는 친구 한 사람을 알게 되었는데, 나중에 의형제가 된 보르추 라는 청년이지. 그리고 너도 분명히 알아야 할 것은, 우리 두 사람의 연대가 10명이 각각 혼자 일하는 것보다 더 많은 일을 해낼 수 있다는 점이야."

"그게 그럴 수 있음을 나도 의심하지 않겠어."

"또 하나 더 있지! 나는 보르추의 아버님도 뵙게 되었지. 나쿠 바얀이라는 분인데, 아주 현명한 분이셔. 그분은 만일 우리 몽골 민족이 서로 합심한다면, 이 세상은 우리의 것이 될 수 있다고도 말씀하셨어."

"어떻게 그분은 그런 생각을 말씀하셨어?" 벨구테이가 물었다.

"그분이 어찌 그런 의견을 가졌는지는 나는 잘 모르겠어. 하지만, 나도 지금 그 점에 대해 생각을 해보고 있어." 그러면서 테무친의 눈길은 저 일렁이는 지평선이 활처럼 보이는 하늘과 하나가 되는 모습을 보며, 저 멀리 가 있었다.

벨구테이는 테무친의 눈길을 따라가 보았지만, 그는 그 방향에서 아무 특별한 것을 보지 못했다. 그곳에는 정말 아무 것도 없었다.

뭔가 특별한 것이 설사 있었다 하더라도, 그것은 테무친의 마음 깊숙이 자리하고 있었다.

8. 역사를 바꾼 담비 가죽

날은 날로 지나가고, 테무친 가족의 살림살이는 다소 나아 졌다. 그들에겐 이젠 먹거리가 부족하지 않고, 또한 인근 부족들도 그들을 괴롭히는 것을 멈추었다.

어느 날, 그 가족은 자신의 유목 장막을 다른 곳으로 이동해 설치하기로 했다. 또 테무친은 자신의 정혼녀 보르테를 자신들의 집으로 데려오기로 했다.

그런 장막 이동을 위한 여행을 위해 그들은 더 멀지만, 더욱 확실한 길을 선택했다. 그들은 서두를 이유가 없었기에, 그들은 성급히 가지 않았다. 정말, 그들은 달리 다른 방식으로 갈 수도 없었다. 왜냐하면, 여러 필의 말 등에는 그 가족의 장막과 다른 재산이 실려 있었다. 그렇게 이동하면서 그들은 낮에는 사냥하고 저녁에는 불을 피워, 그 사냥해 온 것을 구워 먹었다.

이레째 되던 날, 그들은 올쿠노우트 부족의, 하얀 장막들이 있는 주거지를 멀리서 볼 수 있었다. 그러자 그들은 아주 기뻐했다.

기뻐한 이유는 정말 여러 가지였다.

이곳에 테무친은 자기 정혼녀를 데리러 왔고, 그의 어머니 호엘룬은 자기 친정에 다시 와, 이곳 사람들과 어렸을 때 함께 자랐어도 지금까지 만나지 못했던 이들과 재회할 수 있어서였다. 테무친의 형제들도, 어머니로부터 이미 수백 번은 들어왔던 그 외가 사람들과 친해질 기회가 생겨 기뻤다.

데이세첸은 탁월한 일가친지로 대우할 만큼 귀한 분들인

그 가족을 아주 큰 기쁨과 영광으로 맞았다.

보르테는, -그사이 성장해 진정한 미인으로 자라 있었고- 수줍게도, 하지만 기쁘게도 자신의 시가 식구들께 인사하러 왔다.

그로부터 이틀간 데이세첸의 유목 장막이 그 유목 장막 무리에서 가장 중요한 역할을 했다.

호엘룬의 친정 친척은 하나둘씩 자신들을 다시 찾아온 호엘룬을 찾아와, 인사를 나누었다.

그들은 어린 시절을 회상하며, 좋은 일과 궂은일로 점철된 세월을 살아나온 체험을 말하며 이야기꽃을 피웠다.

이야기와 웃음소리는 끝이 날 수 없을 정도였다.

어머니 호엘룬은 다른 장막들의 초대도 받았다. 그래서 그 어머니는 그곳을 차례차례 방문했다.

한편 그녀 자식들은 같은 나이 또래의 이곳 아이들과 알고 지내며, 서로 친구가 되었다.

나흘째 날에 결혼식을 하는 순간이 왔다.

그것은 각자 정중하게 차려입고는, 일가친지와 친구들이 있는 자리에서의 장엄한 순간이 되었다.

거기까지 이야기를 들려주던 그 라마승 스님은 이해할 수 없는 주문을 외면서도 간혹 자신이 가진 뿔을 불었다. 그러고는 이야기를 이어갔다.

그 결혼식 축연에 모인 사람들은 함께 노래 부르고, 음식도 함께 나누어 먹고 또 높이 술잔을 들기도 하였다.

테무친과 보르테도 위엄스럽게 의복을 차려입었다. 그들은 서로 나란히 서 있었다. 하지만 비밀리에 때로 서로를 곁눈질 했다.

옛 풍습에 따라, 보르테의 어머니가 젊은 신랑인 사위에게 귀한 담비 가죽옷을 선사했다.

정말, 그 담비 가죽옷을 받을 권리가 있는 사람은 그 신랑의 아버지였다. 하지만 그 신랑 아버지는 이미 오래전에 별세하였다.

그 때문에 테무친이 자신의 가족을 대표해 그 귀한 선물을 받았다.

한편 그는 자신의 손가락으로 그 모피 가죽의, 우단 같은 옷을 쓰다듬으면서도 그의 넓은 상상력으로 자신이 아직은 크게 또는 용감하게 말하지 못한 자기 계획들을 하나둘씩 새싹처럼 심고 있었다.

왜냐하면, 그가 자신이 가진 계획들을 지금 말하면, 모두가 아직은 너무 환상적인 계획으로 여길지 모른다고 생각하였기에.

그러나, 그는 자기 계획에 다른 사람들이 어떤 의견을 가지고 있을지는 걱정하지 않았다.

그는 자신의 계획을 실천해 볼 결심을 했다.

축연이 끝난 하루 뒤, 그 가족은 자신들의 짐을 싸고서 보르테와 함께, 자신들이 이전에 살던 곳으로 되돌아갔다.

젊은 보르테는 적극적으로 새 가정에 적응하였다. 그녀는 온화한 성품으로 자신의 시어머니를 보필해, 가사 일에 자신의 성심을 다했다.

그로부터 시절이 좀 더 흘렀다.

테무친은 선친의 오랜 또 탁월한 친구이셨던 토릴 칸을 뵈러 갈 준비를 했다.
그분은 케레이트 부족장이었다.
그의 갑작스러운 방문에 깜짝 놀란 토릴 칸은 그 동정심 많은 청년을 우의로 반겨 주었다,
그러나 진짜 놀라움은 그 뒤에야 나왔다.
관례에 따라, 그 두 사람은 친절한 인사를 나누었다.
그러고서 테무친은, 몽골 풍습에 따라, 성심을 다해 자신의 두 손으로 아주 값이 나가는 그 담비 가죽옷을 그 토릴 칸에게 선물로 바치면서 존경의 말씀도 드렸다:
"존경하옵는 토릴 칸님, 제 가족이 칸님을 존경하는 상징으로 이 담비 가죽옷을 드리오니, 이 선물을 받아 주시기를 청합니다."
토릴 칸은 깜짝 놀라 자신의 두 눈이 아주 크게 펼쳐졌다.
'왜 그에게 아무런 빚을 지게 하지 않았는데도, 이리도 귀한 선물을 준다는 것인가?'
하지만 청년의 설명은 곧장 뒤따랐:
"이 가죽을, 존경하옵는 토릴 칸님, 제 장모님이 결혼 예물로 주셨습니다. 우리 풍습에 따르면, 이 가죽은 제 아버지

가 받으실 예물입니다. 하지만, 제 아버님이 이미 오래전에 별세하셔서, 저는 선친의 친구이신 토릴 칸님께서 제 의부가 되어 주시면 더 좋겠다고 생각했습니다. 그래서 이 예물은 토릴 칸님, 당신께 드리는 것이 좋겠다고 생각했습니다."

토릴 칸은, 그 예물의 아름다움과 그 청년의 세심하고 감동의 말에 탄복해, 자신이 아버지로 기꺼이 역할을 하겠다고 또, 만일 그게 가능하다면, 친구 예수게이가 못다 이룬 것을 이어갈 노력을 다하겠노라고 선언했다.

그리고 토릴 칸은 자신의 장막 안에서 자신의 옆자리의, 영예의 자리에 자신의 새로운 양아들이 앉기를 제안했다.

젊은 여인 둘이 마유주로 대접을 하고, 뒤이어 테무친이 보기엔 너무 호사스러운 다양한 음식이 나왔다.

음식 중 어떤 것은, 그가 같은 대초원에서 자랐어도, 이제까지 한 번도 맛보지 못한 것도 있었기 때문이었다.

모든 음식이 지금까지 테무친이 볼 기회조차 없었던, 중국에서 만든 세련된 도자기들 안에 담겨 있었다.

이 모든 것이 비록 청년에게 강한 감동을 주어도, 그는 한순간도 자신이 세운 목표에 대한 생각을 잊지 않고 있었다. 그리고 날씨, 키우는 말에 대한 걱정과 또 건강을 기원하는 일상 대화가 뒤따랐다.

그 뒤, 테무친은 자신의 새 의부께 선친이 별세하신 뒤로 자신의 일가친지가 그 주거지를 떠났고, 자신의 집만 홀로 남아, 자신의 집이 약탈자들 모두에겐 보호막 없는 먹잇감처럼 되어 버렸고, 그런 약탈도 여러 번 당했다고 말씀드렸다.

"만일 다시 제 하인들과 일가친지가 제 가족 주변에 모여 함께 살 수 있다면 정말 더는 바랄 것이 없습니다. 저희 주 거지에도 공간은 충분합니다. 그래서 저는 그분들 모두와 함께 평화로이 살고 싶습니다. 의부이신 토릴 칸님, 아버지 명성은 이 염원을 실현하는데 이바지할 많은 것을 갖고 있습니다."

"내가 의아들인 자네 말을 알아듣겠네. 그러니 자네가 필요한 때면 언제나 내가 기꺼이 자네를 돕겠네. 자네는 내가 필요한 시점이 생기면, 내게 꼭 파발꾼을 보내게, 그러면 내 사람들을 자네에게 보내지."

지금으로선, 테무친은 그것 이상을 희망할 수 없었다.

그는 자신의 의부에게 작별인사를 하고는 만족하여 집을 향해 길을 나섰다.

집으로 가는 길은 그렇게 짧아 보였다.

마치 그가 양 날개를 달고 날아가는 듯이 그 길은 그렇게 짧게 느껴졌다.

그로부터 시간이 얼마 지나지 않아, 새로운 시련이 닥쳐왔다.

테무친이 달아난 것을 결코 받아들이지 못했던 타이치우트 부족이, 그걸 자신들의 큰 수치로 여겨, 또다시 테무친 가족을 찾아내 죽일 작정으로 급습을 했다.

적은 수효의 가족으로서는 인근 숲의 관목들 사이로 급히 몸을 숨기는 것밖에는 다른 도리가 없게 되었다.

남자 여자 할 것 없이 모두 자신의 말을 타고서 내달렸다.

그러나 보르테만 양털 짐 속에 자신의 몸을 숨긴 채 마차로 달아나고 있었다. 그 마차를 어떤 안노인이 끌고 가고 있었다.

그 사이 그들이 타고 가던 마차 바퀴 중 하나의 축이 깨지지 않았더라면, 그들도 필시 정확한 시각에 그 피난처에 도착했을 것이다.

그들은 도중에 자신들이 뒤처지게 되었지만, 어찌할 바를 모른 채 있고, 또 말 탄 사람들도 그들을 도울 수 없음을 알고 있었다. 왜냐하면, 그들도 역시 위험에 처해 있었다.

악의를 가지고 덤벼드는 약탈자들이 곧 그 마차에 다다랐다. 그들이 양털 짐 속에 뭔가가 숨겨져 있음을 알아차리는 데에는 오랜 시간이 걸리지 않았다. 양털 무더기를 샅샅이 뒤진 그들은 그 속에 보르테 라는 여인이 숨어 있음을 발견하고 그녀를 붙잡아 데려가, 테무친 가족을 복수했다.

테무친 가족은, 그 사이, 토릴 칸의 도움으로 돌아온 몇 명의 친지들과 하인들과 함께 숲의 한가운데 보루를 만들었다.

지금 가족을 자신을 지켜내는 일은, 이전에 테무친이 소년이고 자기 가족만 홀로 남아 있던 때보다 훨씬 쉬웠다.

테무친은 자신의 가족 중에 파발꾼을 뽑아 자신의 의부에게 보내, 위험이 닥쳤을 때 그 아버지가 기꺼이 돕겠다던 지난날의 약속을 상기시키려고 하고, 또 그 도움이 바로 지금 절실히 필요함을 알렸다.

또 다른 한 파발꾼을 어린 시절의 친구이자 의형제인 자무카에게 보내 그쪽 도움도 요청했다.

정말, 그는 자무카를 만난 지 오래되었지만, 그 자신을 그 의형제가 잊지 않고 있으리라고 희망했다.

분명하게, 그 파발꾼이 전하는 바는, 자무카에게 그들이 나중에 개별 의논할 다른 사업이 있는데, 이를 위한 동맹을 제안했다.

그렇게 그 양편에서 기꺼이 동의했다.

그들은 수십 명의 활 잘 쏘는 사람을 데리고 직접 와. 그 침입자들의 공격을 곧장 물리칠 수 있게 되었다.

그리고 궁수들이 -먹고 마실 음식도 직접 가져왔기에- 자신들의 승리에 자축하는 동안, 테무친은 토릴 칸님과 자무카를 자신의 유목 장막으로 초대해 대화를 나누었다.

"의부이신 토릴 칸님, 또한 의형제 자무카, 두 분을 모셔 놓고," 테무친이 말을 이어갔다. "제가 나쁜 일을 당해서 어쩔 줄 몰랐던 그 순간에 여러분께서 급히 또 성공적으로 도움을 주셔서 감사를 드리고 싶지만, 지금은 그러지 않으려 합니다. 대신에 저는 두 분께, 두 분이 도움이 필요한 시점에는 기꺼이 제가 돕겠다고 약속드립니다. 정말 저는 지금은 그리 많지 않은 사람을 부리고 있지만, 이번 일 뒤로는, 저희의 옛 붙가로 저희의 다른 일가친지 식구들도 돌아오리라고 믿습니다. 그리하면 저희의 힘은 저희 구역에서 다시 조금씩 의미있게 커지리라고 믿습니다."

각자 한 잔씩 마유주를 마신 그들은 자신의 목이 시원함을 느꼈다.

그때 테무친은 말을 이어갔다.

"제 제안은 이렇습니다. 우리가 어떤 경우에도 상호 간에 돕는 계약을 맺었으면 합니다. 저는 어떤 현인을 통해 배우기를, 통일만이 우리를 고귀한 존재로 만든다는 것입니다.

그러고 우리 몽골 민족이 모두 하나로 통일이 되면, 온 세상이 우리의 것이 될 것입니다!"

이 마지막 문장은 그 청년이 그만큼 열정적으로 말하였기에, 아무도 그 말의 중요성을 의심할 수 없었다.

친구들은 각자 자리에서 일어섰고, 모두 각자 다른 두 사람의 손을 잡고, 그렇게 십자로 만든 두 손으로 강력한 결속을 만들었다.

그들은 좋은 일도 또 궂은일도 동맹을 통해 해결하기로 맹세했다.

***

그렇게 말하고는 그 라마승 스님-도서관 직원은 자신의 말을 멈추었다. 인근의 불교사찰에서는 법회의 한 부분에 해당하는 트럼펫과 양금 악기의 연주 소리가 들려 왔다. 먼 곳에서 들려오는 그 소리가 특이하였다.

그 순간에 나는 초원의 바람 소리를 듣는 듯했고, 칼의 일렁거림을 듣는 듯했고, 나뭇가지들 사이의 화살이 날아다니는 소리를 듣는 듯했다.

라마승 스님도 주의 깊게 그 깊은 음악 소리를 듣고 있었다. 그의 얼굴은 굳어 있고, 허공이 눈길을 뺏은 듯했다.

나는 라마승 스님의 동료가 절에서 암송하는 기도를 그 스님이 되풀이하는 것인지, 아니면 그의 생각이 그 어린 시절의 용감한 테무친과 그의 별동대에 가 있는지 잘 모르겠다.

그것은 약간의 시간 동안 이어졌지만, 나는 그의 생각을 깨고 싶지 않았고, 그의 감성도 망치고 싶지 않았다.

모든 소리가 낮아지고, 침묵이 다시 에르데니주 사찰을 지배하기 시작하자, 『몽골의 비밀 역사』는 다시 그 라마승 스님의 입술에서 다시 살아나기 시작했다.

그의 낮은 목소리는, 마치 저 먼 역사의 깊숙이에서 오는 듯이, 다시 그 자리를 메우기 시작했다.

삽화 : 뚜어얼군(多尔衮) 그림

9. 최강의 세 부족 동맹체

그 붉은 『몽골의 비밀 역사』책의 누렇게 변해버린 각 책장은 연속적으로 테무친, 토릴 칸과 자무카 세 부족 동맹체를 이야기하고 있다. 그렇게 하나로 뭉친 그들은 몽골 대초원의 여전히 개별 집단으로 남아 있던 다른 부족들과 맞서 싸우기에 최강이었다.

그 세 부족 동맹체의 첫 공동 사업은 타이치우트 부족에 맞서 싸우는 것이었다. 그것은 테무친 가문을 말살하려고 이미 두 차례나 습격을 감행한 그 타이치우트 부족을 이 땅에서 내쫓으려는 의도였다.

부족 동맹체 군대는 타이치우트 부족을 야간에 공격해서 남김없이 무찔러 버릴 것을 결정했다. 그 동맹체가 그 부족을 밤에 공격하는 것이, 야간에는 그 부족이 방어가 다소 허술하기 때문이다.

"그러면 실제 싸움을 크게 벌이지 않아도 성공할 수 있습니다." 테무친이 말했다. "우리는 꼭 필요한 경우가 아니면, 살생은 피해야 합니다."

부족 동맹체 군대는 각자의 부족민을 이끌어 와, 양쪽에서만 타이치우트 부족 야영지를 에워쌌다. 타이치우트 부족민 중에 혹시 달아나려는 자들이 있으면, 달아날 퇴로를 만들어 줄 의도였다.

저 멀리서 싸움을 시작하는 함성을 들은 타이치우트 부족민들은 서둘러 내뺄 채비를 했다.

그들은 자신의 마차 위에 자신의 유목 장막을 싣고, 그렇게 그 부족 동맹체 군대가 만들어 놓은 퇴로로 달아났다.

그렇게 공격하던 부족 동맹체 군대는 피난하던 그들을 뒤쫓았지만, 그들을 죽이거나 생포할 의도는 아니었다.

다만 그 지역에서 가장 더 멀리 간단히 내쫓는 것을 목표로 했기 때문이다.

그러나 테무친에게는, 이 같은 군사적 목적을 제외하고도, 한 가지 비밀스러운 의도가 자신에게는 있었다.

그 점에 대해 그는 자신의 동맹군에게 아직 알리지 않았다.

정말, 그는, 자기 아내 보르테가 이틀 전에 이 타이치우트 부족에게 붙잡혀 있음을 잊지 않고 있었다.

그는 자신의 아내가 이 부족에 잡혀 있지만, 이 공격의 순간에 어떻게 하면, 자기 아내를 찾아낼지 이미 알고 있었다.

테무친은 자신의 말에 올라, 타이치우트 부족민 중에서 맨 처음 피난을 떠나는 사람들이 보이는 곳까지 먼저 달려가, 그 피난길의 옆길에 멈춰 서, 자신의 온 목소리를 다해 큰 소리로 불렀다.

"보르테, 어디 있어요? 보르테, 얼른 대답해 봐요!"

그리고 거의 기적 같은 일이 일어났다,

젊은 여성이 자신의 이름을 부르는 소리를 듣고는, 그게 자기 남편 목소리임을 알아차렸다.

곧 그녀는 저 대초원의 넓은 하늘을 뒤로 한 채 서 있는 남편 모습도 볼 수 있었다.

그녀는 남편을 만나러 달려왔고, 남편도 자신의 말에서 뛰어내려, 서로 포옹하려고 힘껏 달려갔다.

그 사이, 피난민들은 그 일이 있는지도 알아차리지 못할 정도로, 그만큼 자신들이 당하는 불행과 공포의 순간을 벗어나기만 고대했다.

테무친은 보르테를 위해 이미 준비해 둔 여분의 말을 찾아, 또 그때부터 그녀는 자신의 말 위에서, 또 남편 옆에서 밤새도록 달려, 동맹체 군대가 더는 추적하지 말자고 결정할 때까지 달렸다.

부족 동맹체 군대는 타이치우트 부족에게 파발꾼을 보내, 다시는 이 지역으로 돌아오지 말라는 다짐과 통지를 했다.

왜냐하면, 만일 그들이 이곳으로 돌아오면, 그때는 지금보다 훨씬 큰 재앙으로 강력하게 내쫓을 것이기에.

테무친의 희망은 실현되었다.

그의 선친 때 함께 했던 하인들과 일가친지들이 이제 다시 돌아와, 자신들의 유목 장막을 테무친의 주변에 세웠다.

그렇게 테무친의 성공에 대한 소문은 다른 사람들에게, 또 더 먼 일가 친지에게, 또 심지어, 전체 부족민에게 널리 알려져, 그 명성이 자자했다.

그러자 여러 작은 씨족들이 테무친을 찾아와, 동맹을 맺자고 요청했다.

그렇게 해서 테무친의 부족은 더욱 커지고 강성해졌다. 그의 다른 부족 동맹체도 마찬가지였다.

"만일 네 아버지가 오늘 너의 모습을 봤다면," 테무친의 어머니가 말씀하였다. "네 아버지와 함께 많이 고생한 테무친을 봤다면…. 또 네 아버지가 이 아들의 강력한 모습을 보시면 자랑스러워하실 거다."

그 부족 동맹체는 나중에 주변의 다른 여러 씨족과 부족을 같은 편에 편입시키러 만나러 갔다. 그래서 그중 몇몇 부족은 그 동맹체에 소속 부족 구성원으로 합치는 일에 성공했다.

그들 자신에게 테무친이 부족들의 통일 필요성에 대한 목표를 입증시켜 주자, 감동했다.

특히 그가 대단한 믿음을 갖고 '만일 우리 모든 몽골 민족이 하나가 된다면, 온 세상은 우리의 것이다' 라는 자기 생각을 전해 줄 때는 더욱 감동적이었다.

그 자신은 스스로 한 말로 인해 자신에게 믿음이 생겼는지 누가 알겠는가.

하지만 다른 부족들이 아주 진지하게 말하는 그를 고민 없이 믿고 따라, 그 부족 동맹에 합류한 것은 정말 중요했다.

그 청년의 한 마디 속에 그만큼 가능성이 들어 있음에, 그들 자신도 조금씩 조금씩 자각하기 시작했다.

그러나 그런 통일이라는 사명감에 익숙하지 못해, 싸움하기를 더 좋아하는 부족도 있었는데, 그들은 여전히 적대 관계를 계속 유지했다.

그런 부족들에 맞서, 그 부족 동맹체는 전선을 향해 나아갔고, 그들을 자신들의 동맹 속에 들어오도록 강제력을 쓰기도 했다.

그리하여, 저 넓은 몽골 대초원에서 가장 먼 곳에 사는 부족조차도 두려워할 정도로 더욱더 몽골의 그 부족 동맹체 군대는 세력을 넓혀 갔다.

그로부터 꼬박 2년간 그 세 부족 동맹체는 어디든지 함께 다녔고, 그들 가족도 서로 이웃하게 유목 장막들을 설치했다. 모두에게는 그 동맹은 깨지지 않으리라고 여겼다.

그러던 어느 날, 자무카가 의형제 테무친에게 말했다.

"우리가 유목 장막들을 저 산맥 부근에 설치하면, 우리 목동들이 저 산맥에서 가축들을 방목하기 쉽고, 또 급할 때 그 사람들이 곧장 가까이 있는 우리 거처로 내려올 수 있거든. 또 우리 야영지를 샛강 가까이에 설치하면, 우리 목동들이 쉽게 양식도 얻을 수 있거든."

테무친은 그 의형제가 하는 말의 뜻을 처음에는 이해하지 못한 채, 깊이 생각에 잠기었다.

'저들이 정말 자신의 유목 장막을 무슨 이상한 장소로 정말 또다시 옮기기를 원한다고?'

오랜 고민 끝에, 그는 여인들이 함께 일하고 있는 장막으로 갔다.

그는 그들에게 그 의형제의 제안 사항을 전해주면서, 그 여성들의 의견을 들어보았다.

여인들은 자무카가 제안한 말에 뭔가 비밀스러운 데가 있다고 느꼈지만, 아무도 그 말을 할 용기를 내지 않았다.

그때 보르테가 말을 꺼냈다.

"그럼, 우리 중에 아무도 그 말의 의미를 모른다고 하니, 여러분은 제 말 한 번 들어보세요. 당신 의형제는 이미 오래 전부터 우리와 공감을 하지 않고 있네요. 지금은 우리가 그를 괴롭힌다고까지 여기고 있을 수 있네요. 그의 말 속에는 이런 의미가 들어 있지요. 한밤중에 우리가 우리 장막을 저 멀리, 이곳에서 가능한 저 멀리 가 있는 것을 그는 가장 원할 겁니다. 그러면 자무카는 더 쉽게 이 산악의 부족들 위에 군림하면서, 더 쉽게 자신의 부족민들을 위한 양식을 얻을 수 있으니까요. 왜냐하면, 그때는 이곳에 더 적은 수효의 자기네 사람들만 남게 되니까요."

다른 여인들도 보르테가 하는 설명이 바르다고 여겼다.

그녀들도 이미 주목하기를, 자무카가 어떤 식으로든 자기 용감성에 그늘을 던져주는 테무친이 자신과는 좀 떨어져 지내게 되면, 그러면 그 자신이 더욱 행복할 것임을 이미 알아차리고 있었다.

테무친은 그 여인들의 의견을 존중했다.

그러나, 최종결정하기 전에, 그는 자신의 동맹 토릴 칸을 오시게 했다.

테무친은 그분께 자무카의 제안 사항과 보르테의 설명을 알려 드렸다.

잠시 고민을 하시던 그는 테무친의 제안을 받아들여, 함께 떠나자는 그의 초대에도 응했다.

그렇게, 한밤에, 그 야영지의 대다수가 잠을 자지 않고 일어섰다.

모든 마차에 자신들의 장막의 물품이 실렸고, 말들은 가장 조용하게 해서 말안장을 채웠다. 그들이 그만큼 조용히 떠나니, 자무카의 부족은 이를 아무도 몰랐고, 자무카 자신도 깜빡 몰랐다.

자무카가, 마지막 순간에, 테무친을 질투하는 신호와 이 부족 동맹체의 단독 수장이 되고픈 의지를 보인 것은 진실이다. 그러나, 그가 -제 고유의 제안으로- 보르테가 설명한 바를 정확히 말하고 싶었는지, 그 점은 전혀 입증되지 않을 것이다.

유목 장막의 주거지로 적당한 장소를 찾기 위해 앞서서 며칠간 물색하던 전위부대가 그리 높지 않은 산악 지역의, 바로 산기슭에 자리한 넓은 고원 지대에 유목 장막들을 설치하기를 제안했다.

그 장소는 말들도 지낼 정도의 완만한 경사가 있는 지대였고, 적당한 방목지도 되어 주었다.

또 가까운 곳이 신선하고 맑은 물과, 충분히 많은 어류를 가진 셀렝가강[20]의 유입지였다.

그렇게 맑은 물과 많은 물고기가 있다는 것은 그들은 나중에 알게 되었다.

테무친은 고민에 고민을 더했다: "이곳이 바로 내 의형제가 말하던 바로 그 장소이구나. 그는 자기가 생각한 바를 말 그대로 왜 하지 않았던가?"

어느 순간, 그는 양심의 가책을 느꼈다.

왜냐하면, 그는 자신의 친구와 적이 되지 않기를 바라고 있었기 때문이었다. 그러나 그의 생각은 서둘러 그를 빠져나갔다. 왜냐하면, 새로운 다른 생각이 그의 정신을 지배하기 시작했다. 그는 다른 것들을, 더 높은 목표들을 실현하기 위

---

20) *역주: 몽골에서 시작해 러시아 울란우데를 거쳐 바이칼호수로 연결되는 강

해 더 나아가야 했다.

이제는 두 부족 동맹체가 타타르 부족에게 대항하러 정복 전쟁에 착수할 결정을 했다.

왜냐하면, 그들이 친구가 되는 것을 거부한 것은 물론이고, 양편에서 테무친과 토릴 칸의 연대를 함께 돕는 일도 거부하였기 때문이었다.

테무친은 그 점을 거의 기대하지 않고 있었다.

그는 그들과 함께 개인적인 최종 계산을 할 일이 있었다.

그는 자신의 아버지 예수게이의 죽음에 어떤 식으로든 복수해야 한다는 마음이 있고 선친이 타타르 부족의 땅을 지나갈 바로 그 당시에 선친이 먹을 음식에 독약을 탔다는 것을 잘 알고 있었다.

그리고 그런 복수는 전쟁을 통해서만 가능했다.

우정이나 동맹 같은 것으로는 절대로 불가능하였다.

통일된 몽골 민족은, 젊고 강력한 테무친과 더 나이 많고 경험 많은 토릴 칸의 영도 하에, 이제는 타타르 부족이 맞서지 못할 정도의 군사력을 갖추었다.

그 부족 동맹체 군대는 타타르 부족 야영지에서 가까운 어느 계곡에 야영하면서, 해 뜨기 전에 이미 이른 아침 식사를 한 뒤, 공격을 시작했다. 그 공격군 일부는 요새를 만들어, 그 안에서 공포의 고함을 통해 타타르 부족민을 곧 공황 상황으로 만들어, 그들을 지레 겁먹게 하였다.

또 다른 공격군은 곧장 정면으로 진격해, 그들이 가는 길에 놓인 모든 장애물을 쳐부쉈다.

타타르 부족은, 자신들이 동맹의 일원이 되는 것을 거부했기에, 그 동맹체 군대가 공격해 올 것을 예상하고는 있었으나, 그 동맹체 군인들이 그렇게 빨리, 마치 태풍처럼 돌진해 올 줄은 예상치 못했다. 그 부족을 지키고 있던 몇 곳의 수비대원들은 아직 고요히 잠자고 있어, 그러는 사이에 몽골 공격군은 쉽게 침입할 수 있었다.

그래도 그 전쟁터에서의 싸움은 나흘간이나 걸렸다.

타타르 부족은 자기 주변의 다른 부족민들의 도움을 고대하면서 저항을 이어갔다. 하지만, 그들 사이에 불화가, 몽골 사람들 사이의 불화처럼 커갔고, 아무 부족도 그들을 도우러 달려와 주지 않았다.

마침내 그 공격받은 부족 사람들은 투항했다.

하지만 그 전쟁터는 이미 수많은 주검이 늘려 있고, 유목 장막들도 거의 모두 불 질러졌다.

불쌍하게 보인 것은, 직접 타타르 칸이 자신의 부하 둘을 데리고, 투항한다는 상징으로 토릴 칸과 테무친에게 자신이 차고 다니던 칼을 전달하러 왔다는 것이다.

테무친은, 자기 선친의 주검을 이제야 위엄있게 복수했고, 그 대초원의 그리도 자신만만하던 대장들을 아주 부끄럽게 만들어 놓았다고 자평했다.

그래서 그는 이제 다른 부족들도 더는 타타르 부족민을 위협하지 말고, 그 사람들이 가능한 한 스스로 자신의 삶을 수습해 정상적인 삶을 살아가라고 명령했다.

타타르의 다른 부족민들은 자기 부족이 싸움에서 진 사실을 전해 듣자, 공물과 함께 파발꾼을 앞다투어 보내, 자신들이 그 승리자의 지배하에 투항한다며 우의를 상징하는 선물도 가지고, 그 승리자들의 야영지로 찾아 왔다.

이제 부족 동맹체 군인들은 기쁘게도 그것을 당연하다고 여겼다.

왜냐하면, 그들의 지배력이 몽골의 모든 부족, 또 타타르 부족 위에 군림하게 되었기 때문이었다.

그것은 방대한 영토를 의미할 뿐만 아니라, 강력한 군사력을 보유하는 것과 마찬가지기 때문이었다.

그만큼 강한 부족 동맹체를 갖춘 테무친은 아시아에서는 더는 그들과 겨룰 만한 민족은 찾아볼 수 없었다고 역사는 말하고 있다.

10. 강력한 전쟁 군주의 탄생

그 시기에, 토릴 칸의 아들이 테무친에게 맞서 보려는 질투심이 발동한 사건이 하나 있었다.

그 둘, 토릴 칸의 아들과 테무친은 같은 나이였다.

테무친이 여러 부족을 모아 자신의 영도 하에 집어넣고 그 세력을 뻗어가자, 토릴 칸의 아들은, 아직도 어린 생각으로, 자기 아버지의 발걸음만 매일 뒤따라 가기만 해서, 알려지지 않은 채 있었다.

그 아들이 자기 아버지를 설득하고 또 설득하기를, 테무친에게 맞서 그를 제거하자고 했다. 테무친이 진실하지 않고, 그 자신이 더 우위의 위치를 점하려고 자기들 부자 두 사람을 이용하고 있다는 이유였다.

그 아들이 아버지 앞에서도 테무친을 세차게 비난하자, 그 아버지 자신도 테무친이 위협적인 위험한 인물로 믿기 시작했다. 그래서 그 둘은 결국 테무친에 맞서는 뭔가를 기획하기로 마음먹었다.

동맹체 부족인 테무친의 과감함을 잘 아는 토릴 칸은, 그들 사이의 갈등이 오랫동안 계속되면 자신과 자신의 온 가족에게 아주 큰 위험이 되리라 자각하고 있었다. 그 때문에 그 아버지는 그들의 한때 공통의 동맹 주창자였던 자무카에게 도움을 요청하기를 결정했다.

자무카는 그 요청을 받아들여, 자신의 부족민들을 토릴 칸이 사는 지역과 가까운 지역으로 이동시켰다. 그렇게 해서 그들이 자신들에게 위협적인 존재이자 맞수인 테무친을 언제 어떻게 공격하는 것이 가장 나은지 의논하기 쉽게 했다.

그러나 그 맞수 테무친은 그 둘이 예측할 수 있는 것보다 훨씬 위험인물임이 판명되었다.

그 맞수는 용맹스러운 전쟁 군주일 뿐만 아니라, 경험 있고 노련한 외교 전문가이기도 했다.

테무친은, 자신을 둘러싸고서 이전의 그 두 동맹 부족이 뭔가 일을 꾸미고 있음을 알아차리고는, 그들 야영지역에 신임하는 사람들을 몰래 보내, 그 두 동맹 부족을 각각 토릴 칸에게도 믿음이 가지 않고, 자무카에게도 믿음이 가지 않는다며 서로 이간질하는 소문을 퍼뜨리라고 했다.

왜냐하면, 그들 두 동맹 부족이 만일 테무친을 제압하는 일에 성공하면, 그 뒤에는 각자가 전체 세력을 차지하려고 그 상대방을 굴복시키려고 다툴 것이며, 그리되면 결국 그 동맹을 잘 못 이용하는 꼴이 된다는 것이다.

그런 상대방을 향한 불신임의 씨앗이 좋은 토양의 근원에 던져졌다.

몽골 민족은 언제나 그런 배신과 속임수, 친구들과 동맹 부족들의 상호 공격의 희생물이 되어 왔다.

그렇게 되자, 자무카 부족도 또 토릴 칸 부족도 자신들의 상호 동맹이 상대방을 속이는 술책이 된다고 쉽사리 믿어 버렸다.

그때, 테무친은 자신의 첩자들을 동원해 정세를 파악해 보니, 그 두 동맹 부족 사이의 불협화음이 이미 충분히 중요하게 진전되었음과 상호 불신감이 커져 상대방의 힘을 서로

빼 버리도록 한 효과가 이미 작동하고 있음을 알게 되었다.

그러자 테무친은 먼저 자기 군대를 이끌고 자무카를 포위하여 자무카의 항복을 받아내고, 나중에 똑같은 방식으로 토릴 칸을 압박하는 작전을 펼쳤다.

그러고서 테무친은 직접 토릴 칸의 유목 장막에 들어가, 칸을 무장 해제시킨 뒤, 그 칸을 비난하며, 칸 스스로 수치심을 느껴 스스로 항복할 기회를 만들어 주었다.

"토릴 칸님, 우리는 서로에게 신의로써 맹세해 지금까지 지냈는데, 지금 칸님은 나를 제거하려고 다른 동맹 부족과 함께 모의까지 하였네요! 부끄러워하십시오, 토릴 칸님! 만일 내가 지난날, 내가 외로이 혼자이고, 힘이 없었을 시기에 칸님이 베푼 도움을 잘 기억하고 있지 않다면, 저는 다른 방식으로 칸님과 칸님의 권력에 굶주린 아들을 다른 방식으로 처리했을 수도 있었을 거요. 이제, 지금 내가 칸님께 뭘 말할까요?

그러니 이 칼을 잘 보존하여, 칸님의 부족민을 계속 영도해 주십시오. 단, 앞으로는 내 명령에만 따라야 합니다. 나와 맞서 반란을 꾀한다는 그 생각은 더는 다시 하지 마십시오. 그런 경우 칸님은 더 오래 살지 못할 겁니다!"

경험 많은 그 칸은, 테무친이 자신을 살려주는 것에 대한 고마움 때문이기도 해서 자기 패배를 인정하고, 지금부터는 테무친에게 호의적인 경우에만 싸움에 나서겠다고 맹세했다.

그렇게 하여 그런 영도력을 가진 테무친의 세력에 몽골 내 가장 많은 수효의 부족들이 참여했을 뿐 아니라, 타타르 부족, 케레이트 부족, 또 메르키트 부족도 속속 편입되었다.

그래서 이 모든 부족이 몽골 대초원의 넓은 영토에 함께 살아갈 수 있었다.

한편, 자무카는 자신의 유목 장막에서 다른 사람들 몰래 도망치는 것에 성공했다.

그는 나이만 부족을 찾아가, 그 부족과 함께 테무친에 맞서는 일에 착수하고, 옹구트 부족의 도움도 받는 계획을 세웠다.

그런 정세를 파악하고는 테무친은 즉시 그들이 자신을 공격해 오는 것을 기다리지 않았다.

지금까지 해 온 방식과는 정반대로, 그는 신속하게 행동을 개시했다.

그들의 공모가 최종 마무리되기도 전에, 그는 적절한 약속을 제안하면서, 옹구트 부족을 매수하는 데 성공했다.

나중에, 테무친은 옹구트 부족과 힘을 합쳐 나이만 부족을 공격해, 그 부족마저 복속시켰다.

몽골 주변의 독립적인 부족들은 -키르기스 부족과 메르키트 부족과 같은- 자신들이 테무친에게 항복하겠다는 것을 선언하려고 자기 사신을 테무친에게 보내는 방법 외에는 달리 방법이 없었다.

그렇게 여러 해가 흘렀다.

테무친이 개입하는 전투들과 정치 술책들이 있을 때를 제외하고는, 몽골의 각 부족 목동들은 질식할 정도로 더운 여름철에는 더욱더 자기 가축들을 산악의 서늘하고 풍부한 방목지로 몰고 갔다.

또 그들은 겨울에는 그 가축들을 몰고 평원으로 내려왔다.

유목민들의 삶은 일상의 길을 따라 나아갔다.

어느 날, "대 쿠릴타이21)" 를 소집한다는 소식이 들려 왔다. 즉, 몽골 제후의 귀족 대표로 구성된 합의체 기관은 모든 몽골 부족들과 동맹 부족들이 마땅히 복종해야 하는 대표 칸을 추대하기 위해 모였다.

'대 쿠릴타이' 가 소집되었다22).

그리고 그때 귀족들은 이제 실질적으로 부족들을 지배하는 일에, 또 자신의 영웅적 행동과 재치로 아시아 초원에 거주하는 모든 사람으로부터 추앙을 받고 있던 그 한 사람을 대표 칸으로 선출하는 것이 지극히 당연했다.

그 한 사람이 바로 테무친이었다.

모든 몽골 민족의 수장으로 사람들은 그에게 '위대한 칸' 또는 '칭기즈칸' 이라는 존호를 붙이게 되었다.

그 이름 아래서 바로 그가 역사가 되었다.

칭기즈칸이 자신에게 부여된 그 칭호와 의무를 받아들이고

---

21) *역주: 몽골 제국의 장로들이 최고 지도자인 선우나 대칸을 선출하거나 원정을 결정하는 등 중요한 국사를 결정할 때 소집하는 회의를 말함.

22) *역주: 1206년 초봄, 테무친이 몽골 고원의 통일을 완수하고 칭기즈칸의 존호를 얻은, 오논강 수원에서의 쿠릴타이.

는, 메시지를 짧게 발표했다:

"귀족들과 군대 대표들, 모든 부족장과 씨족 장은 내 말을 들으시오! 여러분이 나를 이미 선출했으니, 나는 여러분의 '위대한 칸'이 되겠습니다. 다만, 한 가지 조건 아래서입니다. 즉, 우리는 언제나, 또 어떤 경우에도 단결해야 합니다.

왜냐하면, 우리의 모든 몽골 민족이 하나가 될 때는…. 그때는 온 세상은 우리의 것이 될 겁니다! 라는 말을 꼭 기억해야 합니다."

그 일은 1206년에 있었다.

테무친이 51세의 삶을 살아가던 때였다.

타 부족의 추격을 받아 가며, 고통 속에 그렇게 커온 소년 테무친이 몽골 초원과 몽골 민족의 위대한 주인으로 등극했던 때였다.

하지만, 이는 그 이야기의 시작에 불과했다.

다음의 여러 해 동안, 그는 자신의 유목민들을 위해 국가 질서를 세우고 법령을 만들었다.

그는 백호제와 같은 분견대 형식으로, 천호제와 같은 연대와 같은 조직으로 군대를 조직[23]하고, 또 그런 군대 조직으로 침략 전쟁을 시작해 자신의 권세 아래 거의 모든 아시아,

---

23) *역주: 몽골 제국의 제도. 십진법에 기초를 두어 10단위로 편성되었으며, 군사 조직의 구조이자 동시에 사회 행정의 구조이다. 예를 들어 백호는 100명 정도의 병사를 공출할 수 있는 집단, 천호는 1000명 정도의 병사를 공출할 수 있는 집단을 말함. 백호의 우두머리를 백호장이라고 부름.

또 유럽 절반을 정복해 갔다.

그런 침략 전쟁을 통해 우리 세계 역사가 알고 있는 가장 위대한 제국 ―중국에서 아드리아해까지― 이 탄생했다.

****

벌써 하루해가 칭기즈칸이 한때 왕위에 올랐던 도시인 옛 카라코룸24)의 유적지 뒤로 넘어가고 있었다.

그 카라코룸의 긴 성곽을 에르데니주 사찰 내부에서도 이제 볼 수 있다.

수도승들은 이미 오래전에 잠자러 가고, 순찰하는 이들도 이제 등불로는 부족했다.

『몽골의 비밀 역사』이야기는 다음을 기약해야 했다.

라마승 스님-도서관 직원은 짙은 붉은 양털 담요 같은 겉옷으로 온몸을 두르고, 라마승 스님들이 거처하는 방 중 한 곳으로 이제 나를 안내했다.

그곳에는 수수한 철제 침대가 마련되어 있었다.

그는 말없이 고개를 숙이고서, 나에게 편히 쉬라고 인사를 하고서, 나를 어둠 속에 외롭게 남겨 두었다.

그러나 잠시 뒤, 내 눈이 어둠에 익숙해지자, 그 방에는 작은 창문이 하나 나 있음을 알게 되었다.

_____

24) *역주; 몽골 제국의 초기 수도. 카라코룸은 몽골의 수도 울란바토르에서 420㎞ 정도 남서쪽에 자리하고 있다. 몽골 서부 오논강 상류 우측의 에르데니ー주 부근에 위치함.

나는 그 작은 열린 창문으로 내 고개를 내밀어 보았다.

내 앞에는 수천 개의 반딧불이가 반짝이면서, 하늘에 보였다.

그리고 그 아래에 풀이 자라는, 끝없는 대초원이 펼쳐져 있었다.

그곳이 여러 세기의 역사가 펼쳐진 대초원이었다.

그곳이 테무친의 대초원이었다.

(끝)

저자의 글

국제어 에스페란토를 활용한 경험들25)

아마 어떤 사람은 내가 국제어 에스페란토 보급과 에스페
란토 운동을 나의 주요 사명으로 생각하고, 이를 직업적으로
조직하며, 이 언어로 된 잡지를 편집-발행하는 일에 관여하
고 있음을 이상하게 여길지도 모르겠다.

그것도 내 평생에 언어를 20개 배워 익혀, 그중 10개를 나
자신의 "일상의 자산" 처럼 사용하는 바로 내가 에스페란
토 관련 업무에도 종사한다니 이 또한 이상하게 여길지도
모르겠다.

또 세계 80개국 이상의 나라를 방문해 지구 방방곡곡에 친
구들을 만들어온 사람인 내가, 2년마다 개최되는 유네스코
총회에 세 번씩이나 참가한 사람이, 그곳의 공용어26)로 말하
는 모든 연설을 통역 없이 이해하는 지식을 갖춘 사람으로
는 아마도 유일무이한 사람인 내가.

헤아릴 수 없을 정도로 많은 국제적 만남은 바로 나를 이
국제공통어 에스페란토의 가치를 높이 평가하도록 가르쳐 주
었다.

---

25) *역주: 『Mondo de Travivaĵo』(Tibor Sekelj, Edistudio, Pizo, 1990)
pp.23-24를 옮김.

26) *역주: 유네스코는 영어, 프랑스어, 스페인어, 러시아어, 중국어, 아랍어를
공용어로 사용하고 있다.

나는, 만일 나 자신이나, 또 내가 우연히 만난 상대방이 서로에게 공통이 되는 의사소통 도구를 갖고 있지 않았더라면, 그 얼마나 많은 흥미로운 만남이 이루어질 수 있었겠으며, 그 얼마나 많은 귀중한 우정이 만들어졌으며, 또한 그 얼마나 중요하거나, 현명하고 재치있거나, 때로 흥미로운 대화가 이루어질 수 있었겠는가 하는 그 점을 생각해 보았다.

그 밖에도, 내가 가진 언어 지식 덕분에 알게 된 수많은 귀중한 책은, 내가 이 언어들을 몰랐다면, 7개의 신비한 자물쇠로 봉인된 채 남아 있었을 것이다.

오래전부터 나는 우리 각자가 그 어려운 언어들을 10개씩이나 배우는 것이 불필요함을 이해했다.

그래서 나는 우리가 모두 학식 있는 사람이라면, 우리 모두를 위한 한 가지 언어 -쉽고도, 중립의, 제2의 언어- 를 하나 더 배움이 바람직하다는 의견을 밝히고자 한다.

매년 나는 세계에스페란토대회에 참가해 왔다.

그 대회에는 매년 개최국을 달리해서 열려, 적게는 2천 명에서, 많게는 5천 명에 이르는 사람들이 참석한다.

그 때문에 나는 1965년 일본 도쿄에서 열린 세계에스페란토대회에 참가할 준비를 하고 있었다.

왜냐하면, 내가 1950년대에는 아시아의 남방 루트를 이용해 아시아의 여러 나라를 이미 가 보았기에, 이번에는 나는 아시아의 북방 루트를 이용해 아시아를 둘러볼 결심을 했다.

그래서 모스크바에 잠시 기착한 내가 탄 비행기는 시베리아를 통과해, 이르쿠츠크에서 하루를 보낸 뒤, 극동 아시아의 하바롭스크까지 태워다 주었다.

그곳에서 나는 기차로 나홋카 항까지 와, 그 뒤 배편으로 일본 요코하마에 도착했다.

그러고서 일본에서 1달간 머물면서 지난번에, 즉, 1960년 3월에 이 나라를 방문했을 때의 아름다운 여정을 다시 한번 되살리며, 그때 만난 우정을 다시 확인하는 데 충분했다.

그러나 이번의 귀로는 시베리아를 관통해서 되돌아가는 여정을 택했다.

시베리아 횡단 열차 여행이었다.

8일간 내가 기차 안에서 시베리아의 아름다운 자작나무 숲만 보기에는 너무 긴 시간이 될 것으로 판단하고는, 나는 잠시 그 여행 코스대로 이동하는 것을 중단하고, 울란우데(Ulan-Ude)[27]까지 가서, 그곳에서 기차에서 내려, 몽골을 한번 둘러 보기로 마음을 정했다. -3개월간.

몽골을 3개월간 여행할 수 있는 입국 비자를 받았고, 관계 당국의 허가도 있었지만, 그 여행은 쉬운 일이 아니었다.

여정의 중간에도 수많은 보이지 않은 장벽이 있었다.

그러나 행운의 도움으로 나는 칭기즈칸의 나라를 일부나마 알게 되는 기회를 얻게 되었다.

---

27) *역주: 러시아 연방 중동부 부랴티야 공화국의 수도. 하마르다반 산맥과 차간 다반 산맥 사이의 깊은 계곡 가운데 셀렝가강과 우다 강이 만나는 곳에 자리 잡고 있다.

몽골 "유목 장막" 에서[28]

나는 케룰렌강[29]의 강가에 앉아 그 강을 유심히 보고 있었다. 강물은 그렇게 천천히 평화롭게 흘러, 마치 저 강은 이전에는 아무 일도 없었던 것 같았다.

아니었다.

이곳 몽골 대초원의 유목 장막에서 '테무친' 이라는 이름의 아이가 태어났다. 13살에 그는 홀로 자신의 가족과는 원수지간인 부족에게 포로로 잡혀, 노예와 같은 힘든 삶을 살게 된다. 그는 그 노예 같은 삶을 견디다 못해 자기 목에 '목칼 형틀' 이라는 4조각의 목형을 칼처럼 달고서 그곳을 빠져나오기 위해 케룰렌강을 건너기로 했다.

그것을 시작으로 그는 이 세상을 향한 복수심으로, 당시의 세계 대부분을 정복하게 된다.

그래서 그의 시대가 열렸다.

그는 누구에게나 아름답게 들리는 '칭기즈칸' 이라는 이름을 얻게 되었다.

그렇게 저 먼 옛날 시대로 나를 이끌던 그 명상은 짧았다.

---

28) *역주: 이 글은 『Mondo de Travivaĵo』(Tibor Sekelj, Edistudio, Pizo, 1990) pp.213-222를 옮김

29) 케룰렌강(또는 헤를렌강(중국어 간체자:克鲁伦河)은 몽골과 중화인민공화국에 걸쳐있는 강으로 길이가 1,264km이다.

그러고는 때때로 아마추어 낚시꾼 중에 누군가가 아주 큰 물고기를 낚아 올리자, 그가 자랑스럽게 외치는 소리에 그만 나는 현실의 삶으로 돌아오게 되었다.

내가 이 몽골에서 말을 잘 타는 법을 배우게 되자, 이것이 그 나라와 친하게 되는 열쇠임을 나중에 알게 되었다.

이는 마치 내가 요가에 관심이 가서 배우고 연구하자, 내가 여행자로서 인도의 여러 사원과 인도인들을 만나면서, 그분들이 나에게 자신들의 마음을 여는 계기가 된 것과 같은 이치였다.

또한, 내가 활과 화살을 능숙하게 잘 사용할 수 있게 되자, 저 남아메리카 아마존에 사는 원주민들의 움막에 들어가 볼 기회가 된 것처럼.

그 말 타는 법을 익힌 것은, 몽골 내지의 저 대초원에 혼자 남아 있게 되었을 때, 정말 효과적이었다.

어느 날, 나는 그 나라의 20개의 지방 중심지 -나중에는 필시 미래 도시로 변하게 될- 중 한 곳을 방문하게 되었다.

내가 1965년 몽골을 방문하는 이 시점에, 그곳들을 '미래'라고 한 것은 그 도시에는 기반시설이라고 한다면 몇 개의 아주 수수한 공공건물과 큰 도로, 그것밖에 없었기 때문이다.

또 그 도로 주변에는 유목민들이 가족 단위로 거주하는 유목 장막 무리를 볼 수 있었기 때문이었다.

그중 어떤 가구는 일가친지 중 환자가 있어 그 도로 주변에 거주하고 있고, 다른 가구들은 자기 자녀들을 학교에 보내기 위해 그 도로 주변에 있었다.

그 유목 장막 무리 속에는 우체국, 공동체, 전력 회사, 협동조합식 상점, 적은 수효의 문화회관 직원이 사는 가옥도 있었다.

3일간 나는 그 유목 장막 마을에서 보냈는데. 내가 숙박지로 정한 집에서보다 이 유목 마을에서 그 마을 사람들과 친하게 지내면서 보낸 시간이 더 많았다.

4일째 되던 날, 나는 '담덴' 이라는 수의사 청년이 나를 몽골 내지의, 더 깊숙한 곳으로 여행시켜 주었다.

수의사 담덴은 나에게 일러 주길, 유목 장막에 들어설 때는 사람들이 그 장막 출입문에서 노크하지 않고도 들어갈 수 있다고 하였고, 그 출입문은 늘 자물쇠가 채워지지 않은 채로 있다고 했다. 그게 대초원의, 유목민들의 법이었다.

유목 장막은 들판의 한가운데 세우는데, 대개 30분 안에 이를 세울 수 있는 구조였다.

여러 개의 각목을 뼈대로 하고, 또, 그 뼈대 사이를 가죽 조각으로 네 모서리에 이어, 그러고는, 이를 에워싼 여러 개의 큰 천으로 구성되어 있었다.

장막 전체는 안전을 위해 긴 밧줄로 주변 땅에 연결되어 있었다.

장막 안에는 두 개의 개방된 곳이 있다.

한 곳은 연기를 내보내고 햇빛이 들어설 수 있도록 장막 중앙에 놓인 한 개의 둥근 천창이요, 다른 하나는 언제나 그 장막의 남향으로 나 있는 출입문이다.

장막은 북쪽엔 개방하지 않는데, 봄과 가을에 부는 북풍은 아주 거세기 때문이란다.

그 장막에서 내가 며칠 머물면서, 그 북풍위력을 몇 번이나 경험했는데, 정말 대단했다.

내가 말 탄 채로 있었다면, 그 말과 내가 날아갈 정도의 위력이었다.

그 장막 주인은 마흔 살의 나이였지만, 우리가 갑작스레 방문해도 놀라지 않았다. 왜냐하면, 대초원에서는 뭐든 일어날 수 있기 때문이란다.

그런데, 만일 그가 놀라지 않았다 하더라도, 그런 놀라는 경우가 생겼다 하더라도, 그런 놀람이나, 큰 기쁨이나 궁금함을 겉으로 드러내 보임은 예의가 아니란다.

그래서 그분이 그 장막 안 화로를 중심으로 왼편에 우리를 안내해, 그곳에 놓인 유목 장막 배경인 의자 위에 앉도록 제안해도 나도 그리 놀라지 않았다.

나는, 그런 제안이 이곳의 전통임을 이미 다른 사람을 통해 들은 적이 있었기 때문이다.

이름하여 그 둥근 유목 장막은 바닥에는 가장 자주 널빤지가 깔려 있다.

그런데, 아무 구분이 없어 보여도 몽골사람들은 이 바닥 공간을 네 개의 상상의 선으로 구분해 9개의 작은 부분으로 나눈다고 한다.

두 개의 평행선은 그 출입구 양편에서 출발해 그 장막의 끝 배경까지 연결되고, 또 다른 두 개의 상상의 선은 그 장막 중앙부를 앞과 뒤로 구분한다. 그렇게 해서 그 장막을 세 부분으로, 즉, 앞, 중앙과 끝부분으로 구분한다.

그 전체 공간 중 왼편은 남자들의 공간이고, 오른쪽은 여성들의 공간이다. 가운데는 모두를 위한 -아니면 아무에게도 속하지 않은- 공간이었다.

앞부분은 다소 덜 존중받는 공간이다.

그다음이 중간 부분, 그리고 맨 뒤쪽이 가장 큰 존중을 받는, 그 장막의 제3등분 되는 곳이었다.

그런 개념에서 그 아홉 개의 부분을 엄격하게 규정하여, 그렇게 엄정한 가정 질서가 유지되는데, 만일 그런 질서를 깨뜨린다면, 이는 올바르지 않은 행동이라 한단다.

그런 질서를 따라, 출입문 앞의 공간은 겨우 통과용 장소일 뿐이다.

만일 그곳에 누군가를 앉도록 제안하면, 이는 대단한 실례다.

출입문에서 왼편이 장막의 집주인의 일터였다.

그곳에는 말의 고삐들, 말안장, 또 수리용 연장을 담은 함이 놓여 있다.

그 정면의 오른편은, 그 집 안주인이 여성으로 자기 일을 보는 공간이다.

출입문 바로 옆에 마유주가 들어 있는 가죽 주머니가 달려 있다. 마유주는 암말에서 나오는, 산성 성분의, 짠맛이 나는 우유이다.

여인들이, 암말의 젖을 짠 뒤에는 그 젖을 가죽 주머니 안에 붓고는, 큰 나무 숟가락으로 전날 짜놓은 그 산성 우유와 함께 섞는다. 그렇게 해야 맛이 언제나 신선한 채로 남아 있다. 그렇게 하여 너무 강한 산성이지도 않고, 너무 묽지도 않은 채 남아 있게 된다.

또 장막에는 재봉틀도 있었다. 그것으로 안주인은 스스로 자신의 전통의상 '델'을 만든다. 그 전통의상은 남녀에게 두루 입는, 특유의 외투가 된다.

좀 더 앞쪽, 중앙선에서 좀 더 앞의, 왼편이 주인장의 침실이다. 그의 침대 옆에, 장성한 소년들을 위한 침대, 또 필시 남자 손님을 위한 침대가 있다.

반대편, 오른편에는 아내가, 딸과, 또 엄마가 돌봐야 하는 애들이 잠을 잔다.

우리는 여기서 알아 두자. -여성은 결코 그 장막의 남자용 공간으로 건너갈 권리가 없지만, 집의 가장은, 자신이 필요한 경우에는, 여성용 공간으로 들어갈 권리가 있다.

가난한 유목 장막 중앙에는 화로가 한 개 놓여 있다.

반면에 다소 잘 사는 집의 경우에는 실린더형의 격자 난로가 한 개 있는데, 이 난방 기구가 그 장막을 덥히거나 요리를 위해서 사용된다.

화로 주변에는 긴 의자와 의자들도 몇 점이 놓여 있다.

가장과 그 장막을 찾아온, 가장 존경받는 손님은 화로 뒤편의 긴 의자에 앉고, 그 가장의 자리에서 오른편은 남자들이, 왼편은 여자들이, 엄격한 가정 질서에 따라, 필시 나이순으로 앉게 된다.

장막의 가장 내부 공간은 가장 존경받는 사람을 위한 자리이다. 그곳의 왼편에는 축제용 옷과, 그 집 가장의 가장 귀중한 기념물들을 담아 놓은 함이 있다.

그 함 위에 라디오 1대 또는 아마 책들이 놓일 것이다. 그곳의 오른편에는 그 집 안주인이 자신의 축제용 전통의상 '델'과 보석들과 다른 귀중품들을 자신이 손수 만든, 뚜껑을 덮는 함 속에 넣어 보관한다.

그곳의 중앙에는 부처님을 경배하는 불단이 놓이거나, 요즘에는 더 자주 2개의 옆면 거울이나, 중앙 거울이 달린 화장대가 보인다.

그런 화장대 위로는 주변에 레닌, 스탈린, 체뎅발30) 총리 사진이나, 또, 부처님의 한때 그림 같은 것이 놓인다.

특히 여성들은 그런 장식물을 여전히 대단히 귀하게 여긴다. 또한, 사진이나 그림 카드들이 함께 놓여 있다.

나처럼 방문객은 보통 그 장막 주인이 그 화장대 뒤편의 의자에 앉게 하고, 그 주인은 내 오른편에 앉았다.

내 옆에는 나와 함께 온 수의사 담텐과 각각 다른 사람들이 앉았다.

그 긴 의자의 끝에는 소년들이 앉는다.

반면에 소녀 둘은 반대편에 자리를 잡았다.

장막 안주인은 앉을 여가가 없었다.

그녀는 화로에 놓인 가마솥이 끓는 곳에서 준비한 차를 늘 대접했다. 물론 몽골식 차였다. 그 차 안에는 물이 보이지 않고 대신에, 양 기름 같은 것이 몇 조각이 떠 있는 우유만

---

30) *역주: 윰자깅 체뎅발(1916~1991)은 몽골 인민 공화국 정치인. 1940년~1954년간 몽골 인민혁명당 서기장, 1974년~1984년간 몽골 인민대회의 간부회 의장, 1952년~1974년간 총리를 역임했다.

보였다. 소금을 제외하고는, 그 우유에는 눌러 만든 녹차 '덩어리'를 -마치 중국산 차를 아주 귀하게 구해놓은 것처럼- 도끼로 몇 조각 떼어 내, 넣기도 한다.

몽골에서의 첫 며칠에는, 언제나 그런 음료수를 마시라는 제안을 받으면 내 머리카락이 곤두설 정도였다.

나의 불행이 몽골 방문에서 더욱 커지는구나 하고 여길 정도였다.

손님이 만일 차를 마시다가 그 내용물을 다 소비해 버리면, 다시 한번 더 그 큰 잔을 주인이 채워주는 것이다. 만일 사람들이 뭔가 더는 원하지 않으면, 그때는 그 내용물의 절반 정도는 남겨 놓을 필요가 있다. 그러면, 더는 그것을 건드리지 않는다. 아쉽게도 나는 그런 관습을 나중에 가서야 알게 되었다.

하지만 내가 실제로 그 차에 대해 더는 관심을 안 가져도 되었을 때, 어떤 종류의 수프가 정말 충분히 맛난 것임을 알게 되었다.

저녁 식사 때 주인은 양고기의 가장 기름진 부분인 꼬리를 대접하는데, 그 꼬리 요리가 큰 대접에 온전히 가득 차게 된다.

이는 -몽골사람들이 말하길- 그곳에서 기른 양의, 그 양의 넓은 꼬리 부위가 제일 맛있는 부위란다.

그 요리를 받은 내가 영예로운 손님으로서 내가 해야 할 임무는, 아주 잘 드는 날카로운 칼로 그 요리를 얇게 썰어, 이를 식사에 참석한 사람들에게 일일이 그분들의 서열이나 나이를 고려해 배분하고 또 맨 마지막으로 내 몫을 남겨 놓아야 하는 것이었다.

암말의 젖으로 만든 브랜디인 '아르히' 라는 술로 충분히
절여 놓은 그 기름진 양고기 꼬리 조각을 먹지 않는다고 한
다면, 이는 대단한 실례다.

더구나, 말이나 소, 양, 낙타와 물소 -중앙아시아에서의 소
의 일종- 가 풍부한 이 나라 사람들은 가축 중 양고기만 즐
겨 먹는다.

집에서 기르는 다른 가축은 젖을 짜는 목적으로만 기른다.
그 가축의 젖으로 사람들은 -산성 우유를, 버터를, 크림을,
다양한 치즈를, 짜거나 달거나, 물컹하거나 단단한 것- 모두
74개의 유제품을 생산한다고 한다. 몽골사람들은 그것들을
먹거나 마시며 여름을 지낸다.

저녁 식사를 끝내고, 나는 내 가방에서 고국에서 가져온,
끌로 조각한 목제 빨부리를 꺼내, 이를 그 주인에게 저 먼
나라에서 우연히 가져온 작은 선물이라며 말하며 그에게 드
렸다.

미소와 만족감으로 그 주인장은 그 물품을 자세히 살펴보
더니, 나에게 그것을 되돌려 주었다.

나는 다시 그에게 그것을 그 주인이 가져도 된다고 다시
설명했지만, 그는 이전의 행동을 반복했다.

마침내, 나의 동료인 수의사 담덴이 왜 그 주인이 그 빨부
리를 받지 않는지 그 이유를 내게 설명해 주었다. -그래서
나는 그 자리에서 일어서야만 했다.

좀 더 길고, 또 엄숙하게 설명해야 했고, 그 선물을 또한 내 두 손으로 정중히 드려야 했다.- 그렇게, 나는, 즉, 그렇게 행동했다.

그제야 주인은 자신의 허리에 엄숙하게 장식된 넓은 허리띠를 채웠다.

허리띠에는 짧고 예리한 단검이 달려 있었다.

그 주인장은 자신의 가슴을 드러내 보이면서 장중한 연설을 했다.

그 연설에서 그는 우리 두 나라의 우의를 언급하고, 우리 두 사람의 우정을 언급했다.

그러고 나서야 그는 그 선물을 자신의 두 손으로 공손하게 받아들였다. 이제야 그 선물을 주고받는 예식의 공식 행사가 끝나는 것이다.

여전히 오래도록 수의사 담렌의 도움을 받고, 또 그가 익힌 러시아어 지식을 바탕으로 그 주인과 나의 대화를 이어갔다.

그 날 밤새 강한 북풍이 불었고, 바람 소리는 휘파람처럼 때로는 아무 장애가 없는 끝없는 대초원에서 윙-윙-거렸다.

몇 번의 경우에는 그 바람이 우리가 있는 이 유목 장막을 함께 날려 버릴 기세였다. 그러나 그곳 식구들은 걱정스러워하는 내 모습을 보면서, 웃기만 하였다.

그런데 갑자기, 그 유목 장막의 온 구조물이 거의 날아가버릴 것 같은 상황이 생기고, 그 장막 자체가 크게 흔들리기 시작했다.

그 순간, 주인장이 벌떡 자리에서 일어나, 장막의 중앙의 천장에 난 긴 줄에 자신이 매달렸다. 마치 마차 바퀴 같은 모습으로.

그러자 다른 사람들 모두가 그 주인의 행동을 뒤따랐다.

그리고 잠시 뒤 우리 8명은 그 긴 줄에 매달렸고, 우리 몸무게로 그 휩쓸려 날려갈 듯한 그 유목민의 장막을 그 자리에 지켜 낼 수 있었다.

나는 다른 유목 장막을 방문하면서 몇 번 유목 장막의 한가운데 걸려 있는 그 큰 밧줄의 역할에 관해 물어보았다. 하지만, 그때마다, 언제나 신비한 웃음으로 대답을 대신했다.(*)

경기도 남양주시 몽골문화촌의 민화 작품

『테무친 대초원의 아들』을 번역하고서

한국어판(2021년)
슬로바키아어판(1995년)
에스페란토어판(1993년)
세르비아어판(1979), 세르보-크로아티아어(19**) 출간

어머니 말이 내가 태어나 커 가며, 살아가는 곳의 문화를 이해하고 표현하는 도구라면, 국제어 에스페란토는 국제화된 오늘날 내 문화의 이해를 바탕으로 다른 문화를 깊이 있게 알게 해 주는 길라잡이가 됩니다.

자유로운 해외여행과 나날이 발전하는 인터넷 등으로 세계가 더욱 가까워진 오늘날, 에스페란토는 우리에게 나 아닌 다른 사람, 다른 도시 사람, 다른 나라 사람, 다른 언어권의 사람들을 〈제대로〉 이해할 수 있는 국제 사회의 교양어로, 지구인 서로를 사랑과 평화로 연결해 주는 교량어로, 그 역할을 충분히 해내고 있고, 앞으로도 그 사용 범위는 더욱 넓어질 것이라고 봅니다.

유고슬라비아 출신의 법률가이자 신문기자이자 문학가인 티보르 세켈리(Tibor Sekely: 1912-1988)는 평생을 오대양 육대주를 여행한 세계시민이자 여행탐험가라고 말할 수 있겠습니다. 티보르 세켈리는 『정글의 아들 쿠메와와』와 『세계민족시집』, 『파드마, 갠지즈강가의 어린 무용수』를 통해 우리에게도 소개된 바가 있습니다.

저자 티보르 세켈리는 체험과 기록이라는 두 가지 삶의 궤도를 통해, 수많은 기록물과 수필, 소설, 전기물 등을 펴냈습니다. 저자는 자신의 여행목적지에서 일정 기간 머물면서 현지를 체험하며, 그곳에서 체류하면서, 그 나라의 민담, 민속, 역사와 현재의 삶을 기록해 온 작가입니다.

오늘 독자 여러분이 손에 들고 있는 책은 탐험가 티보르 세켈리가 1965년 당시로는 외국인이 방문하기 힘든 곳인 몽골을 방문, 그곳에서 3개월간 머물면서, 몽골의 12세기, 시대의 영웅 칭기즈칸의 유년 시절로 여러분을 안내합니다.

1155년 테무친은 한 부족장의 아들로 태어나, 9살 나이에 결혼하고, 부족장인 아버지가 다른 부족에게 독살당하자, 자신의 부족과 가정을 책임져야 하는 상황에 놓입니다.
그 뒤, 가족과 부족을 이끌고, 주변의 여러 부족과의 동맹과 통합, 몽골 내 여러 부족의 통일을 이뤄냈습니다. 그러한 칭기즈칸의 정복 군주의 여정에 13세기 한반도에도 또한 미치게 됩니다.

몽골의 오고타이칸 - 구유크칸 - 몽케칸 재임 기간에, 즉 1231년부터 1259년까지 6차례에 걸쳐 몽골은 고려를 침략합니다. 고려는 도읍을 개성에서 강화도로 옮겨 가며 29년 항전을 했으나, 막대한 인명과 재산의 피해를 가져 왔습니다. 그 시기에 고려는 1251년 팔만대장경(국보 제32호)을 만들게 됩니다.

저자 티보르 세켈리는 20개 언어를 배워 익히고, 그중 10개의 언어를 모어처럼 활용할 수 있고, 더 나아가 국제어 에스페란토를 배우고, 익혀, 각국의 에스페란토 사용자들과의 교류를 통해 세계의 다양한 문화유산에 관심을 두고 책을 저술하고, 신문에 기고하고, 텔레비전에도 기자로서 활동하였습니다.

티보르 세켈리는 유네스코(UNESCO) 총회에 3차례나 참석해 에스페란토의 가치를 알리고 유네스코와 세계에스페란토협회와의 연대를 이뤄내기도 했습니다. 저자 티보르 세켈리는 전 세계에 안 가 본 데가 없을 정도로 수많은 나라, 도시, 원주민들의 삶에 접근해, 원주민들의 삶을 생생히 기록해 왔습니다. 기록문학의 대가이자 실천가입니다.

1988년 올림픽을 성공적으로 치른 대한민국은 1989년이 되어 유고슬라비아와 대사급 외교 관계가 수립되어, 그 이전까지는 두 나라 국민의 자유 왕래는 어려웠습니다.

이런저런 이유로 저자는 생전에 한국을 방문할 기회가 없었다는 것이 아쉬움으로 남습니다.

저자는 1950년대 이후 아시아의 여러 나라를 방문하게 됩니다.

인도, 중국, 일본, 몽골, 러시아 등을 방문해 그곳에서 일정 기간 체류하면서 그곳 사람들의 삶을 기록으로 또는 문학작품으로 남겼는데, 인도를 방문해서는 『파드마, 갠지스강가의 어린 무용수』라는 청소년 소설을 썼고, 몽골을 방문해 이 작품 『테무친, 대초원의 아들』을 써서, 청소년 여러분에게 영웅적인 삶을 살다 간 칭기즈칸의 청소년 시절의 테무친을 통해 보여주고 있습니다.

이 작품은 우리 청소년에게 12세기 몽골에서 태어나, 세상의 영웅이 된 한 사람을 통해, 자신의 꿈과 희망을 실현하기 위해서는 어떤 어려움이 있더라도 이를 극복하면, 결국 목표에 도달할 수 있음을 보여줍니다.

저자 티보르 세켈리가 자신이 살던 저 먼 유럽에서 지구의 반대편에 있는 몽골을 방문하면서, 13세기 초의 영웅 칭기즈칸 이야기를 청소년에게 하는 이유는 뭘까요?

독자 여러분이 이 청소년 소설을 읽고, 저자가 몽골 방문에서 느낀 바를 보면서, 내 삶에도 한 번 거울처럼 비추어 보면 어떨까요?

우리 모두가 자기 삶의 영웅이자 테무친이자 칭기즈칸입니다.

우리는 지난 세기에 풀지 못한 한반도 통일을 자신의 소명으로 21세기에는 풀어낼 수 있는 용사가 나오기를 고대해 봅니다.

대한민국과 북한이 정치, 경제나 문화 각 분야에서 그에 속한 국민의 복된 삶을 드높이기 위해, 싸움 대신에 평화 속에, 먼저, 이산가족의 그리움을 풀고 일반인도 자유로이 왕래하고 통신하고 통상하는 시대를 만들어 내고, 궁극으로 자유롭고 민주적 통일 기반을 만들어 놓는 일을 우리 청소년 세대의 소명으로 인식하고 살아가는, 〈테무친〉과 같은 영웅이 21세기에는 꼭 나오길 고대해 봅니다.

역자는 저자의 여러 작품-『정글의 아들 쿠메와와』, 『세계민족 시집』, 『파드마, 갠지스 강가의 어린 무용수』, 『테무친 대초원의 아들』을 번역해 가면서 저자가 에스페란토를 정말 사랑하고, 에스페란토를 통해 인류의 상호 이해와 평화를 추구하는 헌신적 인물임을 새삼 알게 되었습니다.

에스페란토를 제대로 잘 배워 익히면 에스페란토 세계가 한결 더 가깝게 느껴질 것입니다.

최근 우리 주변에 에스페란토 교육에 관한 관심이 부쩍 늘어난 것은 반가운 일입니다. 경희대학교, 단국대학교, 원광대학교, 한국외국어대학교 등 대학교에서 에스페란토를 정규 교과목으로 교육하고 있습니다. 또 중학교 자유학기제 수업에서, 또 대안학교 수업에서 에스페란토를 교과목으로 지속적 학습을 이어가는 것이 이채롭습니다. 또 각 지역에서도 시민들이 여전히 평생교육의 목적으로, 인터넷을 통해 독학하며, 에스페란토를 배우고 있습니다.

이 번역 작업에는 중국 번역작가 에스페란티스토 위지엔차오(于建超) 여사의 도움이 컸습니다. 위지엔차오 여사는 1956년 태생으로, 칭다오전문대학교에서 영어 영문학 전공하고, 나중에 산동대학교에서 중국 문학을 전공했고, 베이징 방송학원(1989-1991)에서 국제언론학을 연구했습니다. 그녀는 2019년에는 티보르 세켈리의 3편의 청소년 소설인 『정글의 아들 쿠메와와』, 『테무친 대초원의 아들』과 『파드마, 갠지스 강가의 어린 무용수』를 『자연의 아들 3부작』이란 이름으로 중국어로 번역, 출간하였습니다. 그로 인해 티보르 세켈리의 고향에 초청을 받아, 초청 강연을 하기도 했습니다. 현재 베이징 에스페란토협회 회장으로 활동하고 있습니다.

제가 이 작품의 에스페란토 원문을 구하지 못해 고민하자, 그분 자신이 이 작품을 중국어로 번역할 때 사용한 책을 복사해, 역자인 제게 보내 주었습니다. 그게 지난해 8월 말이었고, 그 우편물은 9월 중순에 제 손에 들어왔습니다. '코로나 19'라는 전대미문의 전염병으로 인해 국제간의 인적 교류가 거의 막힌 상황에서 말입니다.

또한, 저자 티보르 세켈리 작품의 저작권을 가진 엘리자베스 세켈리(Eržebet Sekelj) 여사는 기꺼이 역자에게 한국어 번역을 허락해 주셔서 이 작품이 책으로 나올 수 있게 되었습니다. 이 작품의 에스페란토 원문을 뒤에 실은 것은 에스페란토 문학의 발전을 위함이라는 것도 알아주시면 좋을 것 같습니다.

나아가, 이 책의 그림들도 특별한 인연이 있습니다. 이 그림을 그린 이는 중국 베이징에 있는 중앙예술학원(Central Academy of Fine Arts)을 졸업한 탁월한, 만주 출신의 중국 청년 화가 뚜어얼군(多尔衮)입니다. 생동감 있는 작품을 사용하게 준 이 화가에게도 감사의 말씀을 전합니다.

한 사람 더.

이 번역작품을 완결할 시점에, 동서대학교 박연수 박사가 <추천의 글>을 보내 주었습니다.

티보르 세켈리의 작품 『테무친, 대초원의 아들』 번역이 책으로 나올 수 있게 된 것에는 늘 가족의 든든한 지원과, 에스페란티스토 여러분의 격려와 도움이 있었습니다.

테무친의 삶을 살펴보면서, 에스페란티스토의 제 삶도 한 번 살펴봤습니다.

제가 번역을 평생 이어갈 수 있었던 것도 한국에스페란토협회 선후배 회원님들의 많은 협력과 질책, 언어에 대한 이해, 관련 아이디어에 대한 지식의 협업, 상호 소통과 신뢰가 바탕이 되었습니다.

저는 그냥 타자기나 컴퓨터 앞에서 에스페란토 작품을 읽으며, 에스페란토 문학을 이해하고 국어로 번역해 보려 했다면, 그런 역자를 늘 사회 현장으로 불러내신 분들은 우리 협회의 선배님들, 동료 회원들이었습니다.

사진 저자 티보르 세켈리(중앙), 오른편 이중기(서울에스페란토문화원 원장), 왼편 Werner Bormann.(1986년 중국 베이징의 세계에스페란토대회장에서)

제가 에스페란토 사업에 팀원으로 제안받아 활동한 경우가 많았습니다. 한국에스페란토협회 부산경남지부 회보 〈TERanO〉와 〈TERanidO〉 편집진, 해외 홍보잡지 〈La Espero el Koreujo〉 편집진, 또 우리 협회 기관지 편집진에 참여해, 편집위원들의 경험과 지식을 공유한 시기가 있었습니다.

어느 때, 어느 날인가 대구에서 처음 만나 뵌 이후로, 끊임없는 에스페란토 사업 아이디어를 제안하시던 세계에스페란토협회 회장을 지내신 고(故) 이종영 박사님, 1985년 〈La Espero el Koreujo〉 편집장으로써 늘 좋은 문장과 쉬운 문체를 찾아내라 하시던 정원조 한의원 원장님, 1991년 서울에스페란토문화원을 설립, 2021년 6월 현재 350회로 매달 초급강습생을 배출하고 있는 이중기 원장님, 1999년 3월부터 에스페란토를 교양 과목으로 도입하고 부산에 스페란토문화원을 설립하고, 공간을 내어주신 지산간호보건학원 고(故) 이종현 이사장님, 제 번역서를 낼 때마다 격려해 주시고, 『제1서』의 공동번역도 함께 해 주신, 우리 협회 회장을 역임하신 한국외국어대학교 이영구 교수님, 20년간 영남 에스페란토 교육의 산실인 남강 에스페란토 학교를 이끌어 오신 고(故) 박화종 이사장님과 곽종훈 교장 선생님, 협회 기관지 〈Lanterno Azia〉 편집진으로 불러주시고, 또 한국인 최초로 1938년 파리에서 에스페란토어 시집을 낸 정사섭(1909~1944)의 시집 『La Liberpoeto(자유시인)』이 67년 만에 국어로 번역해 『사랑이 흐르는 곳, 그곳이 나의 조국』(김우선 외 옮김, 문민)이라는 시집으로 거듭나는 번역에 동참하게 해주신 김우선 선생님, 2017년 자유학기제 수업에 에스페란토를 교과목으로 도입하신 경남 양산시 개운중학교 고(故) 채현국 이사장님과 고(故) 박종현 교장 선생님. -이분들이 제 번역 활동을 지켜 보고, 격려해 주셨습니다.

또, 제가 지난 2008년 이후 약 10년간 거제대학교 조선해양공학과에 초빙(외래)교수로 재직할 때도 제6대 정지영 총장님의 비전임 교원들에 대한 깊은 배려와, 에스페란티스토들의 협력과 지도도 잊을 수 없습니다. 김정택 박사, 최성대 초빙교수, 동서대학교 박연수 박사. -그분들의 전공 분야의 지도와 편달에 힘입은 바가 아주 컸습니다. 또 거제대학교와 동부산대학교에서의 인연으로 만나게 된 이윤환 박사, 조병화 박사, 정동진 박사, 이광성 박사 등의 교육적 지원에도 역자는 늘 감사의 마음을 지니고 있습니다.

부산 에스페란토 활동을 꾸준히 관심있게 지켜봐 주시던 정상섭 기자와 백현충 기자에게도 감사의 말씀을 드리고 싶습니다.

끝으로, 이 책 출간을 위해 애써 주신 진달래출판사 오태영 대표와 관계자 여러분께 고마움을 전합니다.

이 번역에 독후감을 보내시려는 이가 있다면, 제 이메일 (suflora@hanmail.net)로 보내 주시면, 즐거운 마음으로 읽겠습니다.

그럼, 이 『테무친 대초원의 아들』의 첫 페이지로 가 보시길 권합니다.

2021년 7월
부산 금정산 자락에서
역자 장 정 렬

Estimataj Legantoj!

Kun granda ĝojo mi salutas vin, ĉar vi estas bonŝancaj teni en la manoj ankaŭ la trian junularan romanon de mia edzo Tibor Sekelj.

Se tiu ĉi libro estas la unua, kion vi legos, mi ŝatus informi vin, ke la unuan fojon en 2012. aperis lia plej konata romano "Kumeŭaŭa, la filo de la ĝangalo" en Koreio. Ĝi estas tre interesa rakonto pri la indiana knabo el amazonia praarbaro, kiu kun sia lerteco savis la vivon de 40 homoj kiuj travivis ŝiprompiĝon.

Ĉijare, en junio aperis la dua porinfana libro de Tibor Sekelj en via lando kun la titolo "Padma, la eta dancistino". En la centro de la rakonto estas knabino el Hindujo. Tra ŝiaj travivaĵxoj vi povas ekkoni la vivon kaj vivkutimojn de la homoj en la hinda vilaĝo.

Tiu ĉi tria libro " Temuĝin, la filo de la stepo" estas priskribo de la avantura vivo de knabo, kiu poste fariĝis granda mongola militestro.

Ĉiuj menciitaj libroj estis tradukitaj el intrenacia lingvo Esperanto. Mi dankas al la tradukisto Ombro-JANG lian sindonan laboron. Same mi dankas al la eldonejo Zindale, ke li taksis inda por la eldono. Mi deziras al sinjoro OH Tae-Young (Mateno) sukceson en sia nova entrepreno.

Al vi, estimataj legantoj gratulas, ke vi elektis tiun ĉi libron kaj deziras al vi bonan legadon.

2021.07.13.

Elizabeto

테무친 대초원의 아들(TEMUGIN, LA FILO DE LA STEPO)

인　쇄 : 2021년 7월 21일 초판 1쇄

발　행 : 2021년 7월 26일 초판 1쇄

지은이 : 티보르 세켈리(Tibor Sekelj)

옮긴이 : 장정렬(Ombro)

화　가 : 뚜어얼군(多尔衮)

펴낸이 : 오태영(Mateno)

표지디자인 : 정유선(그림책 작가)

출판사 : 진달래

신고 번호 : 제25100-2020-000085호

신고 일자 : 2020.10.29

주　소 : 서울시 구로구 부일로 985, 101호

전　화 : 02-2688-1561

팩　스 : 0504-200-1561

이메일 : 5morning@naver.com

인쇄소 : TECH D & P(마포구)

값 : 13,000원

ISBN : 979-11-91643-10-7 (43890)

T. TIBOR SEKELJ

TEMUĜIN

LA FILO DE LA STEPO

TIBOR SEKELJ: TEMUĜINO, LA FILO DE LA STEPO

La titolo de la originalo: TEMUDŽIN -
DEČAK STEPE

©Eržebet Sekelj, Subotica

Lektoris, la poemojn tradukis kaj la titolpaĝon
desegnis: Marko Petroviĉ

Ilustris: Hunor Ĝurkoviĉ

Kompostis: Dimitrije Janiĉiĉ

o

Eldonisto: TEREZIJA KAPISTA
Novi Beograd
Studentska 39/23
Jugoslavio

Presis: SZR Sava Todorov, Dubrovačka 3
Beograd

Eldonkvanto: 500

TIBOR SEKELJ

TEMUĜINO LA FILO DE LA STEPO

Tradukis Terezija Kapista

1993.

La sekreta historio de Mongoloj

Mia deziro viziti antikvan monakejon Erdeni-dzu, en interlando de mongolia stepo, fore de iu ajn urbo, ŝajnis nerealigebla. Ĉiuj atentigis min ke el urbo Ulan-Bator, aŭ el iu ajn alia loko, mi ne povos travojaĝi tiun vojon, en ĉi tiu jarsezono, ĉar okazas riverleviĝoj, pro la senĉesa pluvo en montaraj regionoj dum lastaj tagoj.

—Ne, neniu veturisto akceptos veturigi vin. Ĉiuj scias ke la riveroj estas akvoplenaj en nunaj tagoj kaj ponto ekzistas nenie.

Mia amiko Ĉimidsuren diris tion al mi tiel konvinke, ke ne restis dubo pri seriozeco kaj vereco de lia certigo. Sed mi ne lasis min facile konvinki.

— Ĉu tio signifas ke la monakejo estas tute izolita de cetera mondo? Kion farus iu loĝanto de monakejo, se li ekdezirus urĝe veni al Ulan Bator?

—Nu, tio estas io alia. Vi ja scias, ke ni Mongoloj moviĝas per niaj malgrandaj, sed rapidaj, tre eltenpovaj ĉevaloj. Ili facile povas transvadi, eĉ transnaĝi la inundriveron. Certe, vi ankaŭ scias tion ke la eksterlandanoj ne rajdas niajn ĉevalojn. La ĉevaloj simple ne toleras ilin en la selo. Iujn ĵetis de sur si tiel, ke lasis ilin la volo denove provi tion.

Jes, mi scias pri tiaj okazaĵoj. Tamen, mi ne povis kredi, ke ĉevalo rekonas, ĉu sur ĝia dorso sidas Mongolo aŭ fremdulo. Dum momento trairis mian kapon multaj miaj spertoj rilate al ĉevaloj. Mi ŝatas ĉiujn bestojn, precipe la ĉevalojn, kaj ŝajne ili sentis tion. Mia rilato al tiuj rasaj bestoj ĉiam estis amikaj ili sammaniere reciprokis tion al mi: kiam ajn ĉiuj aliaj veturiloj perfidis, la ĉevaloj ĉiam montris la grandan komprenemon al miaj bezonoj. Kial ne, ankaŭ nun?

—Amiko, mi havas ideon, - mi diris al Ĉimidsuren. En la kazo se via ĉevalo konsentus eksporti min, ĉu vi ekirus kun mi ĝis la monakejo Erdeni-dzu?

—En tiu kazo, tre volonte! Kaj tuj morgaŭ, se vi volas.

La morgaŭan tagon, tuj post sunleviĝo, mi renkontiĝis kun Ĉimidsuren, laŭ la interkonsento, tie kie finiĝas la urba strato kaj kie al vojaĝanto malfermiĝas larĝa, senfina stepo. Mia amiko rajdis sur unu ĉevalo kaj la alian gvidis, tenante la bridon.

Senvorte, li transdonis la bridon al mi. Por momento mi staris hezite. Tiam mi prenis du sukerkubojn, el mia poŝo, kaj Dorat - kiel mi nomis mian ĉevalon pro ĝia malhela koloro, - dum momento formanĝis ilin ambaŭ el mia mano. Tion ĝi faris tiom avide, ke mi opiniis estos la plej bone regali ĝin per ankoraŭ du sukerkuboj, ankaŭ ilin ĝi senhezite akceptis.

Ŝajnis al mi, ke mia unua paŝo survoje al amikiĝo estis sukcesa.

Mi ekkaresis la frunton de Dorat, ĝi ne rezistis. Ĝi eĉ akceptis, ke mi karesbatadu ĝian kolon.

Mi opiniis ke jam tempas ekagi. Mi puŝis la piedojn en piedingojn kaj enseliĝis.

Mi eĉ ne pensis pri tio, ke la amikeco inter Dorat kaj mi, estas konfirmita. Sed mi pri la sekvontaĵo eĉ sonĝi ne povis.

Dorat komencis saltadi alten de sur la tero kaj levadis la malantaŭajn piedojn tiel, ke mi komencis altensalti duonmetron super la selo. Mi lasante la bridojn el la manoj, forte prenis la selon per ambaŭ manoj kaj per la kruroj plenforte ĉirkaŭpremis la ventron de mia diable maltrankvila virĉevalo.

6

Kiam Dorat rimarkis, ke mi bone ennestiĝis sur ĝia dorso, li eĉ pli koleriĝis kaj pli firme decidis ĉupreze forĵeti min. Ĝi prancis preskaŭ vertikale svingante per antaŭaj hufoj. Nenio restis al mi farebla krom forte ĉirkaŭbraki ĝian kolon. Saltadis svingante per kapo tien-reen, kun intenco liberiĝi de mi. Miaj plandoj elfalis el piedingoj, sed mi permane, forte tenis min al ĉevalkolo.

Tiel pendante, mi direktis rigardon al Ĉimidsuren. Li trankvile sidis sur sia malhelbruna ĉevalo kaj observis nian batalon. Mi ne scias kiun li favoris, ĉu min aŭ la mongolan ĉevaleton, kiu persiste defendis dignon de sia ĉevalraso, ne permesante, ke ekrajdu ĝin la nemongolo.

Tiuj kelkaj minutoj da lukto probable ŝajnis al mi eterneco. Verŝajne ankaŭ al Dorat ĉar subite, lacspiranta kaj ŝvitanta ĝi malleviĝis kvarpieden.

Mi decidis profiti la momenton de ĝia laciĝo. Mi streĉis la bridojn tute mallonge, tiel, ke la ĉevalo povis eĉ ne movi la kapon. Mi sukcesis repiedingi la plandumojn kaj kelkfoje sproni per kalkanoj la ventron de Dorat. Tiam li ankoraŭ iomete saltadis kaj retroiris pro la doloro kiun kaŭzis la premo de la embuŝaĵo. Tiam mi malstreĉis la bridon forte sproninte ĝin.

Mia virĉevalo ekgalopis rapide kaj kontinue, tiel ke Ĉimidsuren preskaŭ ne sukcesis atingi nin.

Inter mi kaj Dorat la amikeco estis konfirmita.

Kaj ĝi ekmankis nek ĉe la bezono trairi malvarman riveron, nek dum ĝi estis lasita libere paŝti sin laŭ vole , en alta stepa herbo.

Mi tranoktis en la jurto de Cecendorĝo, kiun mia amiko jam konis de antaŭe. Lia jurto, tiu ronda tendo de felto kaj tolo, solece situis meze de stepo.

Gejunuloj prizorgis la bestojn kiujn ili ĵus alvenigis el ĉirkaŭaj paŝtejoj. Estis ĉi tie ĉevaloj, bovoj, duĝibaj kameloj, ŝafoj kaj "jak"-bubalo - speco de negrandaj bovoj kun longaj feloj, vivantaj en malvarmaj aziaj stepoj.

La edzino de Cecendorĝo, kun kapo envolvita en puran, blankan tukon, estis sidanta sur malalta tripieda seĝeto kaj melkanta la ĉevalinon. Du siteloj plenaj da lakto, staris apud ŝi. El tiu lakto ŝi poste preparos kumison, ŝatatan trinkaĵon de Mongoloj kiu similas al jogurto.

La dommastro venigis nin en la jurton tra malalta kvadrata pordo, gvidis nin maldekstren de la fajrejo kaj montris benkon en fono de l' tendo, por ke ni tie sidiĝu. Ni sciis ke tio estas la honorloko en la tendo kaj akceptis ĝin, ni dankis tiun honoron per diskreta riverenco.

La dommastrino baldaŭ eniris. Ŝi regalis nin per la teo kiu estis bolonta en pendkaldrono super fajrejo, meze de tendo. La teo estis blankkolora pro la lakto en ĝi, sala kaj grasa pro la grasa peceto de ŝafviando en ĝi kunkuirata. Komence, tian teon estis malfacile engluti. Sed nun, mi jam alkutimiĝis al ĝi, povante trinki ĝin sen grimaco, por ne ofendi la dommastron. Mi ellernis ankaŭ tion, ke la trionon da teo mi devas lasi en la taso, ĉar se mi fortrinkus la tuton, ili tuj denove plenigus la tason.

Ĉimidsuren kaj Cecendorĝ mallaŭte kaj modere interparolis pri ĉio. Mia amiko rakontis ankaŭ pri evento de mia unua rajdado sur mongola ĉevalo kaj la dommastro atenteme aŭskultis kaj akompanis ĉiun frazon per delikataj miresprimoj "ĉu vere?", "ĝuste tiel?", "bravo!", laŭ loka moro.

Ni tranoktis sur molaj drap-kuŝejoj kaj ŝafaj feloj, kovritaj per la propraj kovriloj.

Kiam mateniĝis, mi adiaŭis niajn gastigantojn kaj forkuregis al stepo. Ŝajnis al mi en tiu momento ke ĝi nenie komenciĝas kaj senfinas. Serena blua ĉielo, sen ajna nubeto, intime rilatis kun horizonto en grandega cirklo ĉirkaŭ ni.

En posttagmezaj horoj, per pramo ni transiris torentan riveron Orhan. Se ni ne estus trovintaj la pramon, ni ne povus transiri la riveron, eĉ surdorse de niaj ĉevaloj, sen esti malsekaj ĝis talioj.

Nur unu horon poste, sur la horizonto, antaŭ ni aperis tegmentoj. Tuj poste, ankaŭ muroj de iuj konstruaĵoj.

8

Mi demandis rigarde mian amikon: Li ridmiene kapjesis.

—Erdeni-dzu!

—Ni rapide alvenis!

—Se la ĉevalo estas laŭ via volo, vi ĉien rapide alvenas. Sur kaprica ĉevalo, la vojo estas senfina - sentencis Ĉimidsuren. Kaj mi tute konsentis kun li.

Post frapado al peza, ligna pordego, ni estis lasitaj eniri monakejon, ĉirkaŭitan per altaj muroj, kun observaj turoj kaj pluraj konstruaĵoj kun ornamtegmentoj el verdaj tegoloj. La tegmentoj respegulis la posttagmezan sunon, donante solenan pompon al modesta monakeja medio. Ĉi tie kaj aliloke iu monako, ĉirkaŭvolvita en brunan aŭ ruĝan mantelon, per moderaj paŝoj, trapasas el unu konstruaĵo en la alian.

Estis bezonata havigi permesilon por ke mi povu uzi la bibliotekon. Mi ricevis ĝin. Mi trairis la ejojn, akompanata de lamao-bibliotekisto. Li klarigis al mi pri kio parolas la libroj, vicigataj sur la sennombraj bretoj.

— Sed kie troviĝas la "Ruĝa Kroniko" aŭ "La Sekreta Historio de Mongoloj" - demandis mi kun timotrema koro, ĉar mi timis ke mi ne povos vidi la libron pro kiu mi alvenis al Erdeni-dzu.

La monako-bibliotekisto senvorte prenis de sur iu breto la libron kaj metis ĝin en miajn manojn. Kiel ĉiuj mongolaj libroj, ankaŭ ĉi tiu konsistis el unuopaj nekunligitaj folioj, kun du malmolaj kovriloj ĉirkaŭvolvitaj kaj ligitaj per la rubando. La kovriloj estis ruĝaj, tial la libro estas nomata "Ruĝa Kroniko".

Sidiĝinte ĉe la tablo, mi ankoraŭ forte premis la libron inter manoj. Mi estis nekutime emociita.

Lamao-bibliotekisto jam la trian fojon atentigis min ke la libro kiun mi tenas en miaj manoj ne estas originalo. Sed lia insisto estis superflua. En monakejo Erdeni-dzu, meze de mongola stepo, du tagojn da galoprajdado de Ulan-Bator, ne povis esti la originalo de tiu libro. La sciencistoj, fakuloj pri mongola literaturo, jam trastudis ĉiujn librojn de tiu ĉi bi-

9

blioteko, serĉante la perlon de mongola literaturo nomitan "Ruĝa Kroniko" aŭ "Sekreta Historio de Mongoloj". Tiel oni konstatis ke la originalo senspure malaperis antaŭ kelkaj jarcentoj. La libro kiun mi enmane havis ekestis multe pli poste, kaj ĝi estas tradukita el diversaj tradukaĵoj. Ĝi aĝas nur tri aŭ kvar jarcentojn.

Sed, en ĉi momento, por mi tio ne gravis.

En unu momento mi forte premadis, eĉ delikate mi karesis la ruĝajn kovrilpaĝojn de tiu ĉi libro, ne nur pro ĝia antikveco. Tio kio ravis min en tiu ĉi libro estis la nekredebla sorto de knabo, kiu dank' al sia forta volo, lerteco kaj persistemo, estiĝis tio, kio antaŭ li neniam ekzistis: Suvereno de la plej vasta lando en la mondo.

Mi malfermis la libron. Liberaj folioj de duonmetron longaj kaj nur manlarĝaj, estis flaviĝintaj pro la tempopaso. Strangaj vortoj, skribitaj per la malnov-mongola skribmaniero, glitantaj sur flavaj paĝoj kiel etaj misteraj serpentoj. Rakontante la mirindajn historiojn el antikveco al tiu, kiu scipovis kompreni ilin. Sed, mi ne scipovis legi tiun ĉi libron kaj ĝia enhavo povis al mi resti nekonata.

Sed la entuziasmo kiun mi montris, transiris al monako, kaj li komencis paroli al mi, rakontante la enhavon de la libro, la vivon de unu el plej eksterordinaraj homoj en tiu fora ekstremo de Azio.

Por pli bone rememori la detalojn la lamao foj-foje fermis la okulojn serĉante simplajn vortojn por ke mi pli bone komprenu lin.

Tra lia buŝo revivis la stepo. Mi povis aŭdi la hufbatadon de ĉevaloj, kaj la fajfadon de l' stepa vento, voĉojn de l' homoj, vivintaj tie antaŭ multaj jarcentoj.

La sekreta historio de Mongoloj ekparolis tra la buŝo de l' monako.

10

DU RAJDANTOJ -
KAJ ANKORAŬ UNU

La aglaĉoj de supre observantaj vivon de l' stepo rimarkas eĉ la hamstron elirantan el sia subterejo kaj kapreolinon, subirantan al riverbordo ĉe trinkejo.

Nun kelkaj tiuj birdoj en rapida flugado akompanis iun movon. Ili ĉasadis pro ebla predo, minaco al ili ne ekzistis. Alia afero kun hamstroj. Ilia felo tremis aŭdante la hufbatojn de ĉevaloj el malproksimo, kiam tamburadis surteren. Nun tiu tamburado plifortiĝis kaj en milde ondanta stepo super la altaj herboj ekaperis siluetoj de du rajdantoj.

La pli aĝa kun mallevita brido firme sidiĝen sia selo. La blua silka "del"-o, mantelo, kun flavaj borderoj kaj larĝa flava zono donis al lia horizontala figuro pli dignan aspekton.

La pli juna rajdanto estis knabo, laŭ kies vizaĝo tuj videblis, ke li ne estas pli ol naŭ jara. Per kalkanoj de siaj krudŝtofaj botoj senĉese instigadis sian longharan ĉevaleton, ĉar nur tiamaniere sukcesis teni la distancon kun pli aĝa rajdanto. Kaj tio gravis. Tiamaniere li povis temp-al-tempoĝ ĵeti rigardon al lia vizaĝo por trovi sur ĝin kuraĝigon.

Sed sur lia vizaĝo li nun povis diveni nenion.

Lia vizaĝo estis trankvila, kaj la rigardo vagadis ien malproksimen.

Li rememoris pri afero okazinta antaŭ dek jaroj. Ie ĉi tie en la sama regiono.

12

Ĉi tie li, la juna Jisugej, ĉasante per falko en proksimeco de rivero Onon, rimarkis ĉaron akompanatan de la rajdisto. Alproksimiĝante li rekonis Jekeĉileduan, el tribo Merkita. Kaj ĉar li estis venonta el regiono de tribo Olkunout, li komprenis ke l' tribo fama pro belaj virinoj, la rajdanto venigas en ĉaro, al si fraŭlinon por edzino.

La familio de Jisugej ĉiam estis en malbonrilatoj kun Merkitoj. Ne estus superflue al li fari iom da malicaĵo, li ekpensis.

Returnigis la ĉevalon kaj rerajdis al sia jurto kaj tuj revenis kun siaj du fratoj Tajŝit kaj Oĉigin. Sur siaj rapidegaj ĉevaloj ili ĉirkaŭrajdis la monteton al kiu supreniradis Jekeĉiledu, akompanante la ĉaron. Kiam de supre li ekvidis la tri rajdantojn, tuj li sciis, ke nenion bonan li povas atendi de ilia flanko.

Kun timo ĵetis rigardon al sia bela fianĉino, preskaŭ serĉante solvon en ŝiaj okuloj por eliro el senespera situacio.

— Forfuĝu, karulo - diris ŝi kiel eble plej rapide per ĉevalo. Savu vian vivon kaj mi ja elturniĝos.

La merkita rajdanto returnis la ĉevalon kaj plej rapideble suben kuris aliflanken de sur la deklivo, kie la tri rajdantoj atendis lin.

Ekvidinte lin, kontraŭ flanke de la loko tiuj tuj postkuris lin. Horon-du tra monteta stepo kaj poste apud riverbordo de Onon. La distanco inter ili restis ĉiam la sama, kaj la ĉevaloj komencis pro la laciĝo nervoze tremi dum ŝvita ŝaŭmo lavis ilin.

—Aŭdu, frato, kial ni postkuras tiun fraŭlon? Ĉu vi ne vokis nin helpi al vi forrabi la fianĉinon? Ni eĉ forgesis pri ŝi, kaj ĉasas la Merkiton kiu neniun faris kontraŭ ni - ekkriis Tajŝit dum galopo, al sia frato Jisugej.

La fratoj ekridetis pro sia sensaĝa agado. Ili deĉevaligis por momento ripozigi la ĉevalojn. Kuŝante en alta herbo kaj rigardante sian ruf-ĉevalon, Oĉigin mallaŭte ekkantis:

Merkita 蒙ぃゝ傑瀦

Kun la stepĉevala rapido kutima
vi konatiĝos dum vizit' pilgrima,
diboĉvente kurante tra valo:
En la selo de la virĉevalo,
eĉ la distancego estiĝas proksima.

Ili denove enseliĝis kaj ekrajdis.

Kvankam, nek ilin iu pelis, nek iu postkuris ilin, tamen ili denove rapidigis la ĉevalojn por ne perdi la predon. Kaj vere malantaŭ la monteto ili ekvidis la ĉaron tiratan de jungita duĝiba kamelo, al la loĝloko Olkunout.

— Unu el la fratoj prenis la bridon de kamelo, la dua aliris la kamelon, kaj Jisugej venigis la ĉevalon al la ĉaro. Sur vizaĝo de ploranta knabino al li estis rekonebla vera belulino. De sub ŝia silka pinta ĉapo, ambaŭflanken pendis du dikaj harplektaĵoj, fiksitaj inter larĝaj arĝentaj agrafoj kaj en la fino entiritaj en du arĝentajn tubojn. Tiu harornamaĵo de riĉaj Mongolinoj faris konvenan kadron al vizaĝo kiu tuj ravigis Jisugejon.

-Knabino bela, - komencis Jisugej per milda voĉo - la homo kiun vi priploras jam estas for kaj vi ne esperu lian revenon. Sed ankaŭ ni ne estas malplibonaj ol li. Amikoj ni estas viaj. Venu kun ni kaj estiĝu mia edzino. Vi estos la reĝino de mia jurto kaj patrino de miaj infanoj.

Respondo ne okazis. Dume la junuloj direktis la ĉaron al la jurto de Jisugej.

La tempopaso pruvis ke Jisugej pravis. Hoelun, kiel nomiĝis la junulino, estiĝis lia edzino kaj patrino de kvin infanoj, kaj Temuĝin estis la plej aĝa. Jes, tiu sama Temuĝin kiu nun rajdis kun sia patro tra la lando de Olkunoutoj.

Subite Jisugej streĉis la bridon kaj lia ĉevalo abrupte haltis. Temuĝin sekvis lian ekzemplon kiom li scipovis per ·etaj manoj regi la viglan ĉevaleton.

La knabo direktis rigardon al direkton, kiun okuloj de lia patro esplore observis. Post kelkaj momentoj li rimarkis

14

nubeton da polvo kiu treme blankis ĉe kurbiĝo inter du montetoj. Lia koro ektremis. Ĉu eble venas malamikoj por ataki ilin? Kvankam li rajdas ekde sia kvara jaro, Temuĝin neniam ĝis nun tiel distanciĝis de sia familia loĝloko. El parolado de aĝuloj li povis scii, ke en la stepo - malantaŭ de ĉiu monteto - povas aperi malamiko.

Sub polva nubeto aperos nigra punkto. Iom - post iome, ĝi estiĝis rajdanto. Li estis sola. Do, ne estas kazo por timo, pensis Jisugej kaj spronis la ĉevalon. Samkiel ili iris antaŭen, sen iu troa rapideco, la silueto de rajdanto kiu venis al ili renkonten, estiĝis ĉiam pli klara. Fine la alvenanto alrajdis ilin kaj ĉiuj haltis en kelkpaŝa distanco.

Dum silente kaj senĉese ili observadis unu la alian, Temuĝin demandis sin, ĉu ili havas amikon aŭ malamikon antaŭ si. Pro ekscito lia gorĝo kuntiriĝis. Finfine la alvenanto ekparolis:

— Bonvenon en nian regionon, bofrato Jisugej! Kiu malfeliĉo aŭ bonŝanco venigis vin ĉi tien, kaj kien vi intencas?

Jisugej dankis la bonvenigon al Dejseĉen, el tribo Olkunout, el kiu ankaŭ lia edzino devenas kaj daŭrigis:

— Jen, mi venigis tiun ĉi junulon, mian plej aĝan filon, al lando de liaj onkloj. La knabo kreskas, laŭ kutime mi venigis lin por espereble en via amika tribo trovi al li konvenan fianĉinon.

Kiam tion ekaŭdis, la knabo ruĝiĝis ĝis oreloj. Ne pro tio, ke tio estus novaĵo al li, sed jen, neniam pli tio estis parolo antaŭ la nekonata homo, tio malagrablis al li. Por iom kaŝi sian ĝenon li rektiĝis en sia selo, levis la kapon, komencante ordigi la zonon de "del"-o. De sub la rando de peltoĉapo li rigardadis Dejseĉenon, kies nomon ofte menciis la patrino, rakontante aventurojn el sia naskiĝregiono.

Dejseĉen kun sperta rigardo observis la knabon. Fine, kun milda tono, ekparolis:

— Belaspekta estas via filo, mi devas konfesi. Li scipovas sidi surĉevale, kaj el liaj okuloj radias inteligenteco. Ne estos malfacile trovi junulinon por li. Vi, ja scias ke nia tribo vartas

junulinojn, famajn laŭ la beleco. Ni ne ŝatas militi, ni prefe-rante interfratiĝas kun niaj najbaroj, pere de niaj filinoj kaj fratinoj. Pro tio mi proponas ke ni kuniru al la jurtejo.

Ili ekrajdis facilgalope al direkto el kiu Dejseĉen estas veninta. Post iom da tempo tiu ekparolis:

—Mi cerbumas bofrato mia, pri tio ke mi ankaŭ havas filinon. Ankoraŭ eta ŝi estas, eble tro febla por via filo, kaj kiu scias ĉu ŝi belas, ĉu ŝi havas aliajn ecojn kiuj ornamas multajn aliajn knabinojn? Ĉion tion, kiel patro mi ne povas taksi. Kaj, eble ne superfluas por ankaŭ ŝin vidi se vi jam venis tien ĉi. Ĉiuokaze mi invitas vin, tranokti en mia jurto, por morgaŭ - post bona ripozo - daŭrigi al tiu serĉota. Vi, el tribo Kijata estis ĉiam fieraj, riĉaj, diligentaj mastroj, veraj ĥanoj, kaj ni ĉiam edukis niajn filinojn por ke ili dignoplene povu sidi apud vi.

Postirinte la monteton, antaŭ la alvenantoj vastis rigardo al dekduo da rondaj, blankaj jurtoj. Brutaro staris ĉie ĉirkaŭe, la junuloj ankoraŭ alvenigis gregojn kaj arojn da ili el malproksimaj paŝtejoj.

Kiam ili atingis la jurton de Dejseĉen, la hundoj ekbojis kaj ekmutis nur kiam la mastro akre alkriis ilin.

—Bonvolu en mian jurton kaj ripozu kiel ĉe amikoj - diris la dommastro kaj montris al kvadrata enirejo de jurto, kies ronda konusforma tegmento brilis sub la lastaj sunradioj antaŭ la sunsubiro.

GEFIANĈIĜO LAŬ LA STEPA MANIERO

Enirante la jurton, la gastoj atentis ne tuŝi per kapoj la lignan kadron de pordo, ĉar tio povus alporti malfeliĉon al la hejmanoj kaj ankaŭ ne surpaŝi per piedo la altan sojlon, ĉar tio signifus krudan malĝentilecon.

Tuj post eniro, la dommastro montris al Jisugej direkton ĝis la fajrejo, kie li mem prenis al si lokon apud la gasto. Temuĝin modeste eksidis sur benko maldekstre de la fajrejo. Kiel por viro, lia loko certe estis en maldekstra flanko, dum la dekstra flanko de jurto ĉiam destinitas al la virinoj.

La dommastrino, enirante kun profunda riverenco salutis la gastojn. Poste komencis prepari la freŝan teon. En kaldronon ŝi verŝis akvon kaj lakton, aldonis salon kaj kelkajn pecojn da grasa ŝafviando. Nur kiam ĉio ekbolis, ŝi deŝiris pecon da verda teo, kiun la komercistoj alportas karavane el oriento, presigitan en brikformo. Intertempe ŝi eliradis enporti la hejtaĵon el seka bovfekaĵo. Dum kuirado de teo, la dommastrino verŝis, "kumison" el felsako, kiu estis pendigita sur la ligna skeleto de jurto, en grandetajn argilajn ujojn. La kumiso tre bongustis al Temuĝin ĉar de hejmo ĝis nun li nenion trinkis, krom manplenon da akvo kiam ili estis transirantaj la rivereton. Eĉ tiel freŝigita, li ne povis sekvi la interparoladon de la plenkreskuloj, kiuj ŝajnis al li la sensenca draŝbabilo.

—Belegas hodiaŭa tago, la suno brilas, sed sufoko forestas.

—Jes, sed mi opinias ke post kelkaj tagoj komencos la printempaj ventoj.

—Nu, ankaŭ tion ni travivos, kiel ĉiujare.

Temuĝin ekrigardis la rondan aperturon malfermitan parton de tenda tegmento, tra kiu eliradis la fumo de fajrejo. Per rigardo li serĉas la ŝnuron kroĉitan al la ligna kadro de ronda luko. Nun la ŝnuro estis fiksita malantaŭ de unu el latoj kiuj tenas la tegmenton, sed Temuĝin rememoris kiel rapide oni eltiras la ŝnuron el ĝia kaŝejo kiam ekblovas unu el tiuj fortegaj ventoj printempaj, kiam ĉiuj familianoj per tuta sia pezo pendigiĝas sur tiun ŝnuron por malebligi al la vento forporti la jurton.

Por vespermanĝo estis servata kuirita ŝafviando kaj tiu okaze kunvenis la tuta familio. La knaboj kaj junuloj eksidis, okupante la lokojn maldekstre de fajrejo, unu apud alia, dum la virinoj kaj knabinoj okupis siajn lokojn dekstraflanke de fajrejo. En la fino, la plej proksime al pordo, sidis knabino dekjara kiun oni nomis Borte. Ŝi estas beleta, pure lavita, kaj vestita per ruĝa "del-o". Ŝi kondutis honteme kaj iomete rigide, ŝajne ŝi estis atentigita aparte pri io.

En la tuta socio, ĝuste ŝi vekis la plej grandan intereson de Temuĝin. Verdire, li ne rigardis ŝin libere. Nur foj-foje li ĵetis supraĵe la rigardon al ŝi. Li sciis ke ŝi estas tiu knabino al kiu li eble edziĝos. Li ne certe sciis, kiel tio okazos kaj kian ŝanĝon tio alportos en lian vivon, nur li konsciis ke tio signifas ion gravan. Kaj tio povas esti nur io bona, se lia patro decidas pri tio.

Dejseĉen metis antaŭ sian bofraton Jisugej grandegan pladon, plenan da kuiritaj ŝafviandaj pecoj, supren kovritan per larĝa, grasa vosto de ŝafo, kio en Mongolio estas taksata kiel la plej bona frandaĵo.

Jisugej prenis akran tranĉilon, kaj kiel decas al honora gasto, eltranĉadis maldikajn pecetojn, el la grasa vosto, kaj pecon po peco donadis al dommastro, dommastrino, ĉiuj

19

domanoj, kaj fin-fine al sia filo kaj al si. Dum ili manĝis la grasajn tranĉpecojn kaj la ŝafaĵon, neniu parolis. Nur la laŭta ŝmacado donis komplimenton al dommastrino, ĉar tio signifas ke la manĝaĵo estas laŭ ĉies gusto.

Du plenkreskaj knabinoj nun alportis teleregon el porcelano kun diversaj laktaĵoj. Estis sur ĝi almenaŭ dekkvin el tiuj sepdek kvin specoj da laktoproduktoj kiujn oni produktas en mongolaj stepoj de bovina, ĉevalina, kamelina, ŝafina, kaj lakto bubalina. Estis tie fromaĝoj molaj kaj malmolaj, freŝaj, fumitaj, kazeoj freŝaj salaj kaj dolĉaj.

La plenkreskuloj tostis unu la alian per arhio-brando fermentita de ĉevalina lakto. Kaj laŭ la okulfermado ĉe ĉiu gluto oni povus diri ke ĝi bongustis al ili.

Post la vespermanĝo, kiam ankaŭ la knaboj komencis la interparoladon kaj la apudsidanto turnis sin al Temuĝin, li ne plu sentis sin ĝenata, kiel en komenco. La vespermaĝo ŝajnis al li luksa, tamen elkora. Nature, tamen tio ne okazis tiel intimece kiel hejme. Jes, jes... nun li plej volonte estus sidanta kun siaj tri pli junaj fratoj, Kasaro, Bektero kaj Belgutej, kaj kun ĵusnaskiĝinta fratineto Temulin, kun kiu li volonte ludadis portante ŝin tien kaj reen. Sed de ili, li estas nun tre malproksime.

Al Temuĝin apartenis kuŝloko sur dika drapo kiu kovras la plankon kaj li estis envolvita en ŝaffeloj.

Li longe ne povis endormiĝi. Tra ronda tegmenta luko li observis la tremadon de steloj en malhela monotona ĉielo.

Vintre steloj klare brilas,
malproksimo sonorilas,
tiam viaj revoj cedas -
mornaj pensoj vin obsedas.

Matene, ĉe sunleviĝo, jam ĉiuj estis surpiede. Tiuj kiuj akompanis la brutaron al paŝtejo, rapide disiris, ĉiuj al propraj devoj. La dommastrino regalis la gastojn kaj la dommastron per freŝa teo.

20

Post la matenmanĝo Jisugej ekstaris, rektiĝis kaj el la larĝa zono elprenis arte prilaboritan ponardon kun arĝenta tenilo, kaj kun samkvalita ingo. Tenante la ponardon sur la polmoj, li dankis al sia dommastro pro belega gastiĝo kaj diris ke estos honoro al li se la dommastro kiel simbolon de amikeco akceptos tiun ĉi modestan donacon, kiun li heredis de sia patro.

La dommastro leviĝis, ordigis sian "del-on" kaj korektis la peltan ĉapon. Poste en mallonga sed solena parolado, li diris ke lia bofrato Jisugej kun la filo, estis karaj gastoj, kaj ĉiam tiaj restos, kiam ajn alvenontaj al tiu ĉi regiono. Li alte taksas la donacon kaj akceptas ĝin kiel garantion por la dumviva reciproka amikeco.

Tiam li etendis ambaŭ brakojn per profunda riverenco akceptis la ponardon, laŭ la kutima stepa ceremonio.

Dejseĉen deziris eksidi. Sed Jisugej restis starante, montrante per tio la deziron ankoraŭ ion diri, laŭ la sama solena maniero. La dommastro direktis rigardon al lia vizaĝo, kiu ankoraŭ tenis sian solenaspekton kaj mem ekstaris. Tiam la gasto ekparolis:

—Se ni jam tiel firmigis nian ĝisvivan amikecon, mi proponas ke tion ni certigu ankaŭ per tio, ke vi donos vian filinon Borte por edzino al mia filo Temuĝin. Mi vidis vian filinon, ŝi ekplaĉis al mi, ŝi estas bela kaj vigla, certe ŝi estiĝos bona edzino kaj dommastrino al mia filo. Kaj koncerne Temuĝin, ne estas mia afero laŭdi lin. Vi vidis lin kaj mem decidu ĉu la ligo estas laŭ via volo.

En la okuloj de dommastro ekflagris fajrero pro kontenteco, kiun li deziris kaŝi. Tamen ĉiuj sciis ke la gastojn li ĝuste pro tio venigis al sia domo, kaj nun, kiam lia deziro plenumiĝis, ne estas laŭ stepa moro, tuj montri la plezuron.

—Verdire, bofilo mia - diris li - via propono ne surprizis min. Niaj infanoj samtempe kreskadis ili estontus paro al kiu egala ne estus en nia regiono. Tamen, mi ne ŝatus ke vi decidu abrupte, pro kio vi bedaŭros. Ankaŭ mi ne deziras serĉadi obstaklojn kiuj nenie ekzistas. Nu, tiel, ĉar kredeble

21

via filo estos diligenta homo, kun heroa koro, kiel ankaŭ aliaj viroj en via gento, ĉar ankaŭ mia filino estos verŝajne beleta, bona dommastrino, kaj fidela edzino kiel ankaŭ la aliaj virinoj edukataj en nia gento, mi akceptas vian proponon. Estu feliĉaj niaj infanoj!

Li levis ujon da arhio, kaj la alian etendis al Jisugej. Ambaŭ ĝisfunde fortrinkis la enhavon kaj tiel sigelis la kontrakton kiu verdire estis fianĉiĝo laŭ la stepa maniero.

Dum tuta tiu tempo Temuĝin humile sidis kaj opservis ĉion kiel tio okazis, iel preter li. Neniu lin demandis pri io ajn, eĉ oni forgesis pri lia ĉeesto, samkiel neniu rimarkis, ke la eta Borte foriris helpi al la patrino.

—Kaj se ni jam tiel bone konsentis - diris la dommastro - vi tuj povas lasi vian filon ke li finservu sian fianĉtempon ĉe mi, kaj per tio tute meritu sian estontan edzinon.

—Estu tiel bofrato kaj ĵurfrato mia!

La adiaŭaj vortoj estis varmaj, kaj la dommastro akompanis la gaston antaŭ la jurton, kie atendis lin jam selita ĉevalo, dum la alian lasis al sia filo Temuĝin.

Li ekrajdis, spronis la ĉevalon kaj jam galopante mansvingis al la jurto, signante adiaŭon.

Inter tiuj kiuj ĉi tie staris eble li eĉ ne rimarkis sian filon Temuĝinon. Li starante ĉe la pordo de jurto direktis la rigardon al la rajdanto, sed ne povis vidi lin. Du grandaj larmoj nebuligis liajn okulojn kaj nur laŭ la hufbato de ĉevaloj li certe eksciis ke li disiĝis de sia patro.

Li sentis ke tiu disiro ne estis identa al tiu, kiam la patro foriris al kelktaga ĉasado, aŭ dek taga foriro por aĉetado de ĉevaloj. Li havis la senton ke ĉi foje por eterne disiĝas de sia patro. Kvazaŭ li estas fortirita de sia familio, kaj ankoraŭ ne adoptita al la alia. Tio estis por li tre trista momento.

Kiu scias kiom longe li povintus ankoraŭ stari ĉe la pordo, kaj tristi pro la disiĝo, se lin ne vekus ies voĉo:

—Ho, Temuĝin, venu, helpu al mi peli ĉi tiun ĉevalaron al paŝtejo.

22

Per la manikoj de "del-o", li forviŝis la larmojn kiuj intertempe ruliĝis de sur lia vizaĝo kaj tiam ekvidis la junulon kun kiu li interparoladis dum la vespermanĝo kaj ekde la unua momento estis al li simpatia. Li ĵus metadis la selon sur sian ĉevalon kaj ridante, per kapo donis signon al Temuĝin.

La knabo aliris sian ĉevalon forprenis la ledajn piedĉenojn, metis la selon sur ĝin kaj enseliĝis. Rektiĝinte, li ĉirkaŭen rigardis. Li vidis dekojn da ĉevaloj ĉiuj, unu pli bela ol la alia. Lia koro ekvibris.

—Tio estas la sama kiel hejme - pensis li.

Kiam la amiko ekrajdis post la ĉevaloj, ankaŭ Temuĝin spronis sian ĉevalon kaj galopante sekvis lin al la vasta stepo.

Nun Temuĝin eksentis ke li estiĝis iu. Li estiĝis io simila al memstara homo, kiu mem respondecas pri siaj agoj. Li eksentis, ke li estas en destinŝanĝo, kvankam ankoraŭ ne estis al li klare, al kia fato lin gvidos la ŝanĝo.

* * *

La monako momente haltigis sian rakonton. Ekiris porti al ni varman salan teon por ke niaj ujoj ne restu malplenaj. Poste foliumis kelkajn paĝoj de "Sekreta Historio de Mongoloj" por ke li rememoru la okazaĵojn kiuj sekvas.

Subite, serĉante inspiron - li turnis la rigardon tra la fenestro, malproksimen, kie sub la montetoj videblas ruinoj de malnova ĥana ĉefurbo Karakorum. Poste li daŭrigis la rakonton.

TATARA VENĜO

Kiel la verkisto de "Sekreta Historio de Mongoloj" antaŭ sepcent jarojn notis - Dio pardonu lian animon - Jisugej ekkuregis al la lando de Tataroj. La mateno estis freŝa malgraŭ sunbrilo. Nenie estis eĉ pasero aŭ hamstro, nek iu ajn vivestaĵo videblis, sed la sprita stepa rajdanto tiel alkutimiĝis al soleco ke li tion eĉ ne rimarkis.

Tamen io premis lian koron. Li timis renkonti Tatarojn, malnovajn malamikojn de lia familio. Tiu renkontiĝo certe ne bone estus finota por li.

Jisugej bone rememoras la lastan renkontiĝon kun Tataroj.

Okazis tio dum unu konflikto en kiu lia kamaradaro venkis grupon da Tataroj. Mem Jisugej el tiu bataleto kondukis du kaptitojn. Kiam li hejmen venis, ĵus tiam estis lia edzino naskanta la unuan filon. Li nomis la filon Temuĝin kio estis la nomo de unu el kaptitoj.

Tio estis mongola kutimo, sed ne ankaŭ tatara. Por Tataroj tio signifis grandan ofendon kiun ili neniam povis pardoni al li. Pro tiu okazaĵo Tataroj sopiris revenĝon kaj tion Jisugej bone sciis.

La horoj pasadis. La rajdanto jam fintrinkis sian ladbotelon da kumiso, kaj nun denove soifis, kaj kiu scias kie li povos denove sattrinki. Li sciis ke en proksimeco rivero ne ekzistas.

24

Sed subite, je sia granda ĝojo, li ekvidis grupon da homoj sidantajn ĉirkaŭ la fajro kiuj regalis sin per kumiso kaj ŝafviando. Li alproksimiĝis kaj post ĝentila saluto, eksidis inter ili.

Laŭ la stepa kutimo, la homoj bonakceptis kaj gastigis lin, ne demandante ion ajn, kion li mem ne deziras diri. Sed laŭ la parolmaniero kaj vestaĵo ili tuj povis scii el kiu regiono li estas. Ŝajnas ankaŭ, ke unu el la ĉeestantoj eĉ rekonis lin.

Ankaŭ Jisugej volus scii kun kiuj li sidas, sed same al li, laŭ stepa kutimo, estis malpermesitaj demandoj. Almenaŭ li scius, ĉu troviĝas inter malamikoj aŭ amikoj!

Ĉar la suno jam estis subiranta, la dommastroj proponis al li resti kaj tranokti ĉe ili, Jisugej akceptis tion. Ĉar tendoj ne ekzistis ili dormis subĉiele envolvitaj en lankovriloj kaj kiteloj.

Matenon, Jisugej adiaŭis ilin kaj ekrajdis tra stepo al sia regiono.

Posttagmeze atinginte sian hejmon, li eksentis doloron en stomako. Li stumbladis dum enirado al jurto, kaj tuj ĵetis sin sur liton. Estis lavita de ŝvito.

Lia edzino Hoelun tuj rimarkis ke io ne estas en ordo. Haste kuiris puran teon, kaj komencis masaĝi lian korpon kiu pli kaj pli doloris. Sed li pleje suferis de stomaka spasmo.

Tiam estiĝis ĉio klara al li. La Tataroj venenigis lin.

—Hoelun, iru rapide kaj venigu Monglik-on, apenaŭ elparolis.

La edzino forkuris kaj baldaŭ rekuris kune kun Monglik, parenco kaj konfidenculo de Jisugej.

La parenco eksidis sur liton de li, peze spirante, kun granda zorgo survizaĝe.

—Monglik, filo mia, mi estas mortanta. Tataroj dumvoje venenigis min, kaj al tio ĉi helpo ne ekzistas. Sed vi promesu al mi ke vi prizorgos mian vidvinon kaj la infanojn.

Tien li haltis, fermis la okulojn pro la forta doloro kiun li eksentis. Poste li tute mallaŭte daŭrigis:

— Iru ĝis Olkunoutoj prenu mian plej aĝan filon, Temuĝin tuj li revenu kaj zorgu pri familio. Estas li nun la plej aĝa viro.

Tiuj lastaj vortoj almenaŭ ne ĝeblis. Tuj poste li fermis la okulojn kaj ekdormis poreterne.

Monglik ekis al vojaĝo, foren ĉirkaŭirante la Tataran teron por eviti enfalon al iu ajn kaptilo. Morgaŭan tagon atinginte la jurtejon de Olkunoutoj, estis facile al li trovi la jurton en kiu troviĝis Temuĝin.

Al Monglik ne facilis sciigi la tristan novaĵon al Temuĝin, kaj al Dejseĉeno, dommastro la ĵurfrato de forpasinto. Tiu longe sidis kun fiksita rigardo teren, antaŭ ol ion ajn diri. Peza estis la penso pri tio, ke ne plu ekzistas tiu forta kaj saĝa homo, kiu nur antaŭ kelkaj tagoj ĉi tie sidis kun li. Fine li koncentriĝinte ekparolis:

—Filo Temuĝin, malfacile estas la nuna momento al vi. Vi devos hejmen transpreni la respondecon al si, pri la tuta familio. Sed vi estas kuraĝa kaj sagaca junulo, mi scias ke vi elturniĝos.

Temuĝin sidis kun mallevitaj okuloj kvazaŭ embarasita. Dejseĉen post iom da paŭzo daŭrigis:

—Dum tiu ĉi mallonga tempo mi ekamis vin kaj kunvivis kun penso ke vi estiĝos mia bofilo. Sed se la sorto tion alimaniere ordigos, ni estas senpovaj kontraŭ ĝi.

Monglik prenis vorton por eldiri kion li sentis sur lange:

— Se estas permesite al mi ke mi miksiĝu en viajn aferojn, se mi povus paroli je la nomo de Temuĝin, mi petas, ke vi ĉion tion ne taksu kiel rompon de fianĉiĝo. Mi esperas ke la aferoj solviĝos kaj Temuĝin denove revenos por sia fianĉino.

— Bopatro mia, estimata Dejseĉen, diris la knabo vi estis al mi vera patro dum ĉi tiuj tagoj. Mi ekamis vin - tie li haltis kaj rektiĝis daŭrigante. Kaj Borte mia fianĉino, estas pli bela ol iu ajn knabino kiun mi vidis. Mi revenos por ŝi, kiam-ajn, bopatro, gardu ŝin por mi. Mi scias ke atendas min multaj malfacilaĵoj... tie li iomete singultis ... sed mi batalos.

— Estu tiel, se la sorto tiel volus! respondis la domma-stro kaj frapetadis surŝultren la knabon.

Post kelkaj minutoj la du rajdantoj eksaltis selojn. Temuĝin kun sia lasta rigardo serĉis la etan Borte, kiu alvenis kaj staris tremigita kiam vidis sian forirantan fianĉon. Ŝi mansvingis al li, kaj al Temuĝin ŝajnis en ŝiaj okuloj brilis iu aparta brilo kiun li antaŭe ne rimarkis.

Kun okuloj mallarĝe kunpremitaj, kutimantaj rigardi la stepajn forojn, Borte rigardis kiel Temuĝin estiĝas pli kaj pli malgranda, ĝis kiam de ambaŭ rajdantoj videblis nur nubeto da polvo, fine ankaŭ tio malaperis en la kurbiĝo inter du montetoj, de kie antaŭ kelkajn tagojn ekaperis Temuĝin kun alia rajdanto. Sed nun temas pri io tute alia. Kiom ĝojplena kaj esperiga estis la alvenado, tiom estas necerta kaj trista la nuna foriro.

Dura stepa tero,
morna nubvetero,
nigras monto, horizonto,
koron premas efemero,
dum trenfluas fridrivero.

Stepo ĝemas sub galopoj,
en ĉielo cent nubopoj,
svarmas aro da demandoj:
Al rokmonto pri estonto,
al rivero pri espero.

La familio ŝajnis senkapigita, kvankam la juna Temuĝin klopodis, li ne sukcesis teni la grandan familion kune. Sen la renoma Jisugej, la parencoj kiuj ĝis tiam vivis kune, unu post alia forlasis la jurton de Temuĝin. Ili kunprenis la servistojn, la brutaron kaj forportis ĉion porteblan. Fine Temuĝin restis sola kun la patrino, fratoj kaj fratineto kaj naŭ ĉevaloj kiom ili estis lasitaj al li.

La patrino ĉiutage iradis al proksima arbaro kolekti manĝeblajn berojn kaj foliojn kiujn ŝi povis prepari kiel manĝaĵon. La knaboj fiŝkaptadis per hokoj kiujn ili mem faris el kudriloj.

Tie-ie ankaŭ hamstro enfalis ilian kaptilon kaj tiel malriĉece ili nutris sin.

Sed la familio en sia soleca jurto ne estis senespera. Ili povis sin tiel, longe nutri, ĉar en rivero Onon estas multaj fiŝoj, kaj la arbaro ĉiam renoviĝis kaj donacis siajn berojn.

Sed ĝuste tia, ilia trankvila vivo, komencis ĝeni la aliajn. La najbara gento tajĉiuta ne estis kontenta. Al la gentanoj malplaĉis tio, ke kvankam malriĉa, la familio ne pereis tute, kiel ili tion esperis. "Se tiu ĉi familio pereus" - cerbumis ili - "nia teritorio ankoraŭ plivastiĝus tiom, ke ĝiaj limoj estus nenie videblaj en horizonto".

Post nelonga konsultado la Tajĉiutoj decidis ataki la familion de Temuĝin.

Ĵus kiam rimarkinte la rajdantojn alvenantajn kun malamika intenco, la familio haste kunprenis la plej bezonatan havaĵoj, forlasis la jurton, kaj kun kelkaj restantaj ĉevaloj eskapis en proksiman arbaron.

Ili esperis, ke la densa arbaro ilin protektos de la malamikoj. Tio povus esti tiel, se la malamikoj ne estus tiel obstinemaj en siaj malbonintencoj.

KUN LA LIGNA
KOLUMO

En la plejdensa parto de arbaro Temuĝin faligis kelkajn arbojn kaj el ili haste konstruis defendan rempar-digon. Tra nerimarkeblaj truoj, inter la foliaro la sagoj flugis al Tajĉiutoj, kaj ili pro tio ne povis proksimiĝi, por eniri la provizoran fortikaĵon kaj kapti la defendantojn.

Post kelkhora interbatalo, el kiuj Tajĉiutoj eliris venkitaj, ilia estro ekkriis:

— Donu al ni nur Temuĝinon, kaj ni lasos la ceterajn liberajn, ili ne interesas nin.

Ili volis kapti Temuĝinon kiel la estron de familio kaj tiel tute pereigi la familion.

Sed la patrino kaj la unuecaj fratoj tion ne volis permesi. Ili donis al Temuĝin la ĉevalon kaj li forkuregis profundon de arbaro.

Tajĉiutoj rimarkis tion kaj postkuris la fuĝanton, sed rapide perdis lin el la vido. Kvazaŭ perdiĝis ĉiu lia spuro.

Tri tagojn pasigis Temuĝin en arbaro, sen manĝo kaj trinkaĵo. Dumnokte li tremis pro la malvarmo, ĉar estis ne preparita tranokti en arbaro. Li firme alpremiĝis al la korpo de sia ĉevalo, kovrante sin kaj la ĉevalon kun unusola lankovrilo. Li konsideris ĝin kamarado, kun kiu li dividu la bonon kaj malbonon. En matenkrepusko li lasis la ĉevalon paŝti

29

freŝan herbon, kaj li mem lekis roson de sur la folioj kaj tiamaniere mildigis iomete la soifon.

La kvaran tagon la junulo konsideris ke iliaj malamikoj ĉesis la peladon, kaj ke pasis la danĝero por li. Li decidis forlasi la nekonvenan rifuĝejon kaj ekrajdis al rando de arbaro.

Tiam subite malfermiĝis la selozono kaj komencis flanken gliti. La rajdanto teren saltis. Dum li korektis la selon, firmigante la zonon, li ekpensis, ke tio ŝajnas esti iu malbona antaŭsigno. En tiu epoko en Mongolio, samkiel en aliaj landoj, regis superstiĉeco, en plej parto da vivo, estis al li ne malfacile vidi en tiu okazaĵo, atentigon por ne daŭrigi sian vojon, ĉar la malamiko kaptus lin.

Li rezignis sian decidon kaj reiris en profundon de arbaro. Tie ĉi Temuĝin pasigis pluajn tri tagojn kaj noktojn. Nun li jam estis tiome malsata, ke li komencis maĉi iujn radikojn. Li serĉis arbarajn berojn, sed ne multon sukcesis trovi. Ili kutime maturiĝas ĉe la rando de arbaro, kaj malofte en ĉiama ombro de mezarbo, kien la sunradioj ne penetras. La soifon li plu mildigis per matena roso.

La sepan tagon li decidis provi sian fortunon kaj eliri el rifuĝejo. Nun bone li seligis la ĉevalon por ke la zono denove ne malfirmiĝu. Ekis li al rando arbara.

Sed jen, denove io okazis. Dum li pasadis apud ŝtoneta monteto en arbaro, roko granda preskaŭ kiel tendo, derompiĝis kaj glitis antaŭ lin, ferminte lian vojon.

Temuĝin firme streĉis la bridon kaj la ĉevalo haltis tuj. La junulo fikse, longe rigardis tiun novan signon. Por superstiĉa homo ĝi povis enhavi nur unu mesaĝon: Ne iru, malbono minacos vin. Li opiniis, ke la naturo - lia protektanto - mem zorgas, ke al li nenio malbono okazu.

Li returnis la ĉevalon kaj reiris arbaran profundon. Ie-tie li aŭdante birdan pepadon divenis, ke ili salutadas lin, dirante: Bonvenon, amiko! Bone ke vi revenis!

La radikoj kiujn li sukcesis elterigi, nesufiĉe nutris lin. Li kolektis plenmanon da fungoj kun intenco baki ilin, sed kiam li prenis la silikon por fajrigo, ekmemoris ke la fumo povus altiri la malamikojn, kaj rezignis tion. Tiel li preterlasis ankaŭ la eblecon por satiĝi. Kaj de tago al tago li ĉiam pli perdis la forton.

La junulo sidis, apogante sin al arbo kaj klopodante per kantado mallongigi sian tempon. Sed neniu kanto venis el lian kapon, li nur balbutis tion kio venis el profundo de lia animo:

Panjo mia, kuraĝa, fidela,
franjo bela kiel tago hela,
miaj fratoj, junaj kavaliroj,
Ĉe la vivofin' ĉu mi vidos vin?

Kiam li finis tiun ĉi tristan penson, eksaltis komencante promenadi tra arbaro. Al si parolis: "Mi ne aŭdacu-malesperi! La vivon oni devas pasigi ĝis la lasta momento plenespere. Se mi apatios, mi ne savos min!"

Kaŝas min arbaro, amiko fidela,
foliarsusuro, birdpepado diras:
—Ho radikoj, roso, preventu pereon
kiun malamiko al li nun deziras!

Temuĝin resentis sin kuraĝa, komencinte kredi ke ĉio bone finiĝos. Li decidis morgaŭan dekan tagon, de sia restado en arbaro, denove provi la bonŝancon kaj forlasi la rifuĝejon. Li estis konscia ke pli longa restado elĉerpos lin pli forte, ke li estus senforta ĉevalon ekrajdi.

La dekan tagon en aŭroro, la junulo rajdis laŭ la konata vojo, ĉirkaŭpasante la elfalitan rokon, kiu antaŭ kelkaj tagoj baris lian vojon. Tra branĉaro li ekvidis la stepebenaĵon kaj preparis sin ekkuregi plenrapide.

Sed li tion ne realigis.

Tajĉiutoj starigis gardistojn ĉirkaŭ la arbaro, atendante ke Temuĝin aperu. Tioma estis ilia kolero, ke eĉ post dek tagoj oni ne ĉesis gvati lin.

. Ili postkuregis kaj kaptis lin. Ili ligis iliajn manojn kaj tiel eskortis lin al la jurta kolonio de Tajĉiutoj.

Tajĉiutoj ne sciis kion fari kun sia kaptito. Ĉu murdi lin? Ne, tion ili ne volis. Tio estus tro simpla fino de tiu longa obsedo kaj iu povus riproĉi pro la nehomeca maniero.

Oni decidis, ke la kaptito pasigu po unu tagon ĉe ĉiu familio, ke ĉiuj anoj de tribo, havu eblecon por lin torturi. Por ke li ne povu forfuĝi, kaj por pli amarigi lian vivon, ili metis »lignan kolumon«, kiu konsistis el kvar bretoj kunna-ᴶlitaj unu al alia, firme ĉirkaŭ lia kolo.

. Tiel ili peladis Temuĝinon el unu jurto al alia. Ili nutris lin ĉefe per la rubnutraĵo. Sed tiu nutroajnaĵo - post naŭ taga fastado - ŝajnis vera festenaĵo. Temuĝin iompostiome sufiĉe revigliĝis kaj revenis lia antaŭa forto. Tie-ie eĉ iu batas lin, donante finomojn kaj molestante lin ĉiamaniere. Ĉion-ĉi li toleris, revante pri tiu tago, kiam li liberiĝos.

Verdire, ekzistis ankaŭ tiuj jurtoj, kie iu kompatis lin - kaj kiam aliaj forestis - li ricevis eĉ bonan manĝaĵon kaj konsolvorton. La tagoj pasadis. La volo de Temuĝin ĉiam pli hardiĝis. La turmentoj pli kaj pli facile estis elteneblaj, kaj samtempe kreskis lia libersopiro pli intense. "Se mi postvivos, tion ĉi, mi revenĝos«, li parolis al si mem.

Tiel alvenis la Tago de la Plenlumo, per kiu la Mongoloj celebras la komencon de somero. Tiun tagon oni kutime celebras solenege en jurtejoj kaj en la solecaj jurtoj. Ankaŭ ĉe Tajĉiutoj, oni preparas la celebron.

Hej! alvenigu ankaŭ tiun bubaĉon, - ekkriis unu el festpreparantoj - vidu ankaŭ li, kie ni celebras nian feston.

Ili elkondukis la kaptiton sur vastejon inter la jurtoj, kie li povis observi de flanke, kie la hejmanoj eksidis sur lankovriloj, po grupe. El ĉiu jurto ili ekportadis la manĝaĵojn kaj trinkaĵojn, kaj la regalo kontinuis. Unuopaj grupoj kantis plenvoĉe, kaj antaŭ ilia jurto iu ekmuzikis per »morin hur«

32

arĉa instrumento, simila al guzlo, akompanante kantis malnovan kanton pri herooj.

Temuĝinon gardis iu stulteta junulo, al kiu estis ordonite ne perdi lin el vido. Fojfoje iu jetis al li peceton de ŝafviando, ankaŭ ujon da kumiso, tiel eĉ li, en tiu tago, ne restis malsata.

—Ho, se mi estus kun mia familio - pensis li - ni ankaŭ celebrus tiun ĉi tagon. Kiel ĝoje kantus mia patrino kantojn el sia infanaĝo, kaj ni aŭskultus. Certe ni havus ankaŭ la gastojn.

Vesperiĝis. Ĉiuj ebriiĝis pro arhio kaj ankaŭ la gardisto de Temuĝin apenaŭ povis stari surpiede.

Tiam ekbrilis ideo en juna kaptito: Nun estas eksterordinara ŝanco ion entrepreni por mia libereco.

Per ligna kolumo li forpuŝis sian gardiston kaj - antaŭ ol iu ajn rimarkus tion, li eskapis.

Unue li ekiris al la arbaro, sed rapide li rememoris, kiel oni jam kaptis lin foje tien. Tiam li subite returniĝis al rivero Onon, kiu fluis je kelk cent metrojn fore de jurtejo.

Li plonĝis en akvon, tro malvarman en tiu sezono. Adaptiĝinte al la malvarmeco, li fornaĝis ĝis rivermezo kaj tie flosis surdorse. Tiel flosante li restis senmova. La ligna kolumo tenis lin sur akvosurfaco.

Kiam la Tajĉiutoj resobriĝis ili ege koleris.

— Kio? Ĉu tiu povrulo trompu nin? - ekkriaĉis iu. - Neniam ni tion permesos. Nun ni montros al li, kiu ni estas.

— Plej bone estas, ke ni tuj disiru en ĉirkaŭaĵo - ordonis la plej aĝa jurtejano. Ĉiu bone rigardu sian parton. Li ne povus tro malproksimiĝi kun tiu kolumo.

Oni disiris ĉiudirekten, rigardadis malantaŭ ĉiu arbo. Eĉ surarbe ili rigardis eble li supren grimpis. Sed nenie li estis.

Unu el Tajĉiutoj, kiu nomiĝas Sorkanŝira, traserĉis riverborden. Subite, li rimarkis ke io naĝas mezrivere. Li envadas akvon kaj laŭ lunlumo li ekkonis la kaptiton kun ligna kolumo. Aliĝinte li parolis:

—Estas en ordo, junulo! Ĝuste pro via saĝeco kaj pro la fajro en viaj okuloj la Tajĉiutoj envias al vi. Restu tie, kie vi estas, mi ne perfidos vin.

Temuĝin ne respondis, kvankam li estis surprizita pro la homeca konduto de malamiko rilate al li. Iliaj dentoj klakis pro malvarmeco kaj duonglacia montara rivero. Li sin demandis, kiom longe li povos elteni tiel.

Post ioma tempo la pelantoj komencis reiri al jurtejo. Ĉiuj revenis kun malplenaj manoj. Kiam ankaŭ la lasta revenis oni insultis la fuĝanton plenbuŝe. Oni decidis denove ekiri por serĉi lin, sed ĉi foje oni ne revenu sen li.

Tre perfide, Sorkanŝira proponis ke ĉiuj pelantoj denove iru al la sama direkto kie jam estis, sed nun estu pli atentemaj ol antaŭe. Tiel estis. Oni disiris ĉiuj al siaj direktoj. Tiel Sorkanŝira denove venis al la bordo. Proksimiĝis al Temuĝin, kiun intertempe la riverfluo forportis duonkilometron laŭflue kaj mallaŭte diris al li:

—Ne zorgu pri io ajn, nur gardu vin!

Sed al Temuĝin ne estis facile gardi sin. Li sentis ke frostiĝas. Foje li sentis bezonon terni, sed ĉiufoje li sukcesis reteni sin, ĉar tio povus perfidi lin.

Kiam denove ĉiuj pelantoj revenis sen rezulto, komencis konsultiĝo. Oni decidis la trian fojon iri al serĉado:

—Li ne povas ankoraŭ esti tro for kun tiu kolumo - rimarkis unu el pelantoj.

—Eĉ se flugiloj elkreskus al li, tiu bubaĉo ne sukcesos fuĝi de ni - aldonis la alia.

—Mi la plej volonte rostus lin sur turnrostilo, se mi kaptus lin —diris la tria, - tiom li turmentis nin!

Laŭ la sama ordo Sorkanŝira estos taskigita traserĉi riverbordon. Ankaŭ ĉi foje li proksimiĝis al Temuĝin kaj diris:

—Plej baldaŭ ni disiros al niaj domoj finonte la serĉadon. Tiam vi antaŭ aŭroro elriveriĝu, ekiru al via regiono kaj serĉu vian patrinon kaj la fratojn. Ili atendas vin. Se iu estus trovinta vin, neniel vi diru pri nia renkontiĝo. Tio povus ĵeti min en grandan malbonon.

Kiam Temuĝin restis sola li ekpensadis: "Kiam mi, kiel kaptito pasigis la nokton en jurto de Sorkanŝira, iliaj du filoj kompatis pro mia sorto. Ili deprenis la kolumon kaj permesis al mi libere moviĝi. Nun, kiam Sorkanŝira trovis min, li ne perfidis min. Eble tiu familio povus defendi min, se mi sukcesus atingi ĝin. Ĉiuokaze, tio estas la lasta solvo, restanta al mi."

PASERO EN
ARBUSTO

Temuĝin ne atendis aŭroron, sed decidis sian ideon plej rapide realigi.
Li eliris el akvo. La malvarma aero vipis lian malsekan korpon. Pro tio li ekkuregis Onon borde, al jurto de Sorkanŝira, soleca, iom malproksime de la jurtejo.

Tute frostita, kun vestaĵo rigida pro glacio, kun kolŝarĝo li atingis la jurton. Sen· frapado, laŭ tiea kutimo, malfermis la pordon, enirante la jurton.

Ĉe lum' de fajrejo, en kiu viglas la fajro, la dommastro tuj rekonis lin. Sed anstataŭ bonveno, li eksaltis:

—Ĉu mi ne diris al vi, iri al familio? Vi nur malfeliĉon alportos al mi, se iu vidos vin ĉi tie. Kial vi alvenis?

Temuĝin staris humile kun rigardo malsupren. Li impresis kiel kompatinda estaĵo. La du filoj de Sorkanŝira defendis lin:

—Kiam la nizo pelas la paseron ĝi sin kaŝas en arbusto. Tiam la arbusto ne forpelas ĝin, sed adoptas ĝin protekte. Tio estas la leĝo de la naturo. Ĉu ni estu malpli bonaj ol la simpla arbusto? Kial vi riproĉas lin, pro la azilserĉo en nia jurto, kaj vi mem bone scias pri via instruo: la jurto estas sankta kiu troviĝus en ĝi, sendepende, ĉu amiko ĉu malamiko, estas nia gasto, kaj tiel ni devas trakti lin.

Senatente pri patra grumblado, la junuloj rompis la kolumon kaj bruligis ĝin. Ili forigis de sur li la frostitan del-on kaj vestis lin per mantelo de unu el junuloj. Donis al li lokon apud fajro ke li envolvita en varmaj kiteloj pasigu la reston de nokto.

Sed en aŭroro Sorkanŝira ellitiĝis kun timo, pro hazarda alveno de pelantoj en ilian jurton kaj kiuj trovus la rifuĝanton sub lia protekto. Tion li klarigis al siaj filoj kaj ĉiuj kune decidis Temuĝinon kaŝi en ĉaro plena da lano, kiu situis malantaŭ la jurto.

Tiel ili faris. Temuĝin kuŝiĝis en ĉaron, kovrita per la tuta ŝarĝo da lano.

Tiel la junulo estis bone kaŝita, sed lia pozicio eĉ neniom estis agrabla. Komence, li apenaŭ povis spiri. Tiam palpante li trovis du centimetran larĝecon inter du bretoj, ĉarfunde. Surventre li lokiĝis tiel, ke tra tiu aperturo li povis libere spiri. La ŝarĝo ne tro pezis al li, kaj la varmigado de lanvarmo en tiuj frumatenaj horoj tute ne ĝenis lin. Nur tagmeze li komencis ŝviti. Ekmemoris kiel li pasigis la lastan nokton en glaciigita rivero, kaj konstatis ke ĉiuokaze nun estas malpli suferanta ol tiam.

Unu el junuloj tagmeze alportis al li manĝaĵon kiun li povis formanĝi ne elirante el kaŝloko.

Tiun tagon li pasigis sen speciala okazaĵo, same ankaŭ la venontan, la restado en tiu sufoka, varmega kaŝejo, por Temuĝin estiĝis ĉiam pli neeltenebla. Ĝis kiam li devas tiel kuŝi, li demandis sin.

Nur la trian tagon - kiam la Tajĉiutoj ripozis de festado, - kaj nokta serĉado de sia kaptito, ili denove rememoris ke li ne povas ie tro foresti kun la kolumo, kaj certe estas ie proksime.

Ili decidis daŭrigi la serĉadon. Ili elpensis, ke la grupo de pelantoj traserĉu ĉiujn jurtojn, eble la fuĝanto kaŝiĝis en unu el ili.

La traserĉado komencis. Tagmeze, la kvaropo atingis la jurton de Sorkanŝira.

—Ne koleru. Sorkanŝira-batur, diris unu junulo el grupo de serĉantoj, titolinte lin laŭ estimo kiu apartenas nur al tre kuraĝaj homoj - ni alvenis traserĉi vian jurton se eblas trovi tiun friponon.

Nur serĉu, laŭ vole. Ĉiuj ni deziras trovi lin - rediris Sorkanŝira, ne tute sincere.

Ili renverŝis ĉiun kovrilon sur lito, malfermis ĉiun keston, kaj levis la plankan drapon. Ili eĉ kaldronon enrigardis. Unu palpis eĉ la felsakon, pendigitan apud enirpordo por kontroli, ĉu vere en ĝi estas kumiso, aŭ la juna fuĝanto. Ĉio restis sen rezulto.

Tiam eliris jurton kaj komencis ĉirkaŭiradi ĝin. Enrigardis ŝafejon, inter la ĉevaloj, kaj fine unu el ili komencis demeti la lanon de sur la ĉaro. Sorkanŝira, kiu iomete helpis al serĉantoj nun kvazaŭ ŝerce diris:

—Ne faru vin ridindaj, amikoj miaj, eble vi ne pensas ke iu ajn povus elteni viva sub tioma ŝarĝo da lano!

La pelantoj mem estis ŝvitantaj en la tagmeza sufoko kaj pravigis la dommastron, ĉesis la serĉadon, adiaŭis la dommastron por foriri al iu alia jurto.

Temuĝin povis ĉion aŭdi tra spaco inter ligno tabuloj, kaj ni povas imagi kiom li tremtimis por la propra vivo. Kiam li aŭdis la adiaŭ-vortojn, li ekspiris libere. Li sciis, ke ĉi momente savis lin la hazardo, sed li ankoraŭ ne formoviĝis el sia neeltenebla pozicio.

Nur malfruvespere, kiam la domanoj konvinkiĝis pri nereveno de pelantoj, ili forpuŝis la lanon kaj eltiris Temuĝinon. Li estis pala kaj apenaŭ povis stari sur piede. Sorkanŝira diris al li:

— Ili preskaŭ pereigis min pro vi! Nur iru serĉi vian patrinon kaj la fratojn, ili certe jam zorgas pro vi.

La dommastro al juna fuĝanto donis viglan brunĉevalon kun selo. En sakon metis sufiĉe da kuirita viando kaj du ladbotelojn plenigis per kumiso. Donis al li, pafarkon kaj du sagojn, kontraŭ eventuala atakado flanke de malamikoj, ke

39

40

li povu defendi sin. Silikon li ne donis, li ne venu en tenton, bruligi fajron, ĉar la fumo perfidus lin.

—Iru kun fortuno, kaj gardu vin la spiritoj de stepo - diris Sorkanŝira, dum Temuĝin grimpis al la selo.

—Dankon al vi Sorkanŝira-batur, mi ne forgesos la boncęon vian, kaj viajn kuraĝajn filojn. Adiaŭ! - diris Temuĝin mallaŭte.

—Gardu sin bone kaj estu rapida, aldonis unu el junuloj.

Temuĝin estis preta foriri, sed ankoraŭ staris senmove. Li sentis la fortan batadon de koro. Direktis sian rigardon al siaj samaĝuloj kaj rimarkis iliajn zorgemajn, amikajn rigardojn. Apenaŭ li sukcesis diri per emocia voĉo:

—Amikoj... fratoj miaj... neniam mi forgesos kion vi faris por mi!

Tiam li spronis la ĉevalon kaj per sovaĝa galopo enŝovis sin stepen.

Tiel li rajdis dum tuta nokto. La steloj surĉielaj direktis lin, kaj li scipovis inter konstelacioj rekoni tiujn, kiuj helpis lin en orientiĝo. Tio estas la fundamenta kono de ĉiuj rajdantoj en tiu vasta lando, kie ekzistas neniu alia ebleco por orientiĝo.

Estis frumateno kiam li atingis la lokon en arbaro kie li kun familianoj estis en reduto por sindefendo de malamikoj. Li ekmemoris ke tie li lastfoje vidis sian familion.

Li elseliĝis kaj fikse trarigardis la lokon. Fine li trovis la spurojn kiuj indikis la fuĝdirekton de sia familio.

Li enseliĝis kaj sekvis la spurojn. Ili gvidis lin al rivero Onon, kaj laŭ borde, riversupren li dafe sekvis la spurojn. Atinginte alfluriverreton de Onon, laŭ ĝia bordo li plu sekvis la spurojn.

Fine li ekvidis la bone konatan tendon, tiel karan al li.

La ĝojo estis granda pro la revidiĝo. Precipe pro tio ĉar lia patrino estis konvinkita ke ŝi neniam plu revidos lin.

Senvorte Temuĝin ĉirkaŭbrakis la patrinon, ĉiujn fratojn, kaj fine plej longe la fratinon, plej junan en familio.

Jes, mi vivas kaj mi jen estas inter vi, - ripetadis la veninto al ĉiu demando starigita al li. Ĉar li ne povis rakonti pri ĉiuj travivaĵoj kaj suferoj kiujn travivis, dum iom malpli ol monato ekde de kiam ili disiĝis.

Li eĉ ne sciis kie komenci la rakonton, tiom li havis en si por diri.

La patrino rigardis la junuloj ne povante satrigardi lin. Dum tiu mallonga tempo li fariĝis plenkreskulo. Li ne plu estis knabo, kiel antaŭe, kvankam li estas apenaŭ nur dektrijara. Ĉio kion li travivis dum lastaj tagoj, riĉigis lian vivsperton kaj konon de homa naturo. Sed li kolektis en si ankaŭ multan ĉagrenon, dezirante esti potenca, ke li povu kontraŭstari atakemon de malamikoj.

Dum la sekvontaj tagoj estis gaje en familio. Ĉiuj ĝojis pro si reciproke. Sed en tiu gajeco al ĉiuj estis klare ke iliaj malfacilaĵoj ne finiĝis. Ke iliaj malamikoj ne lasos ilin en paco. Ili aperos denove, tuj, vidante, ke la familio bonstatas.

PERSEKUTADO DE LA ĈEVALŜTELISTOJ

Ĉiuj travivaĵoj de Temuĝin estis notitaj en la »Sekreta Historio de Mongoloj«, verkita antaŭ kelkaj jarcentoj. Notita estas ankaŭ tio ke Temuĝin naskiĝis en la jaro 1155 t.e. antaŭ pli ol okcentjaroj. Kiel eblas ke inter ruĝaj kovrilpaĝoj de antikva libro dum tiom da jarcentoj estis konservita la sorto de unu knabo? Eble pro tio ĉar al tiu knabo estis destinita aparta loko en la historio de mongola popolo.

Tiel, notita estas ankaŭ tio - la lamao daŭrigis sian rakonton -ke la rabistoj subitis al jurto de Temuĝin, malnodis ĉiujn ok ĉevalojn - kiom da ili tie estis - kaj forkondukis ilin kun si, eĉ meze de heltago. Temuĝin kaj la familio rigardis ĉion tion, ne povantajn ion ajn entrepreni. Temuĝin kaj unu frato postkuris la rabistojn perpiede, ne havante ĉevalojn, kriegante kaj petante ke ili redonu al ili la ĉevalojn, sed ĉio estis vana.

Nur en vespero aperis Belgutej, la pli juna frato de Temuĝin, kiu revenis el ĉasado, kondukante la naŭan ĉevalon, la unu solan kiu nun al familio postrestis. Li kondutis la ĉevalon je la brido ĉar ĝi estis tiom troŝarĝita per meloj, ke ĝi apenaŭ povis paŝadi.

Kiam ili rakontis al li kio okazis, li tuj volis postkuri la ĉevalŝtelistojn. Sed tiun rolon prenis al si Temuĝin, kiel la plej aĝa en familio.

—Vi alportis tiom riĉan ĉasaĵon, ke vi meritas iomete ripozi - diris al li serĉeme Temuĝin.

—Se ni havus ankoraŭ unu ĉevalon, plej volonte mi rajdus kun vi, eble ni kune pli rapide realigus nian taskon - diris Belgutej. Sed, nature, mi ne dubas ke vi ankaŭ sola sukcesos en ĉiu via entrepreno.

La morgaŭan tagon Temuĝin ekrajdis sur sia ĉevalo por serĉi la ĉevalŝtelistojn. Tri plenajn tagojn li sekvis la ĉevalspurojn en la alta stepa herbo. Dum nokte li devis halti por ne perdi la spurojn. Dumnokte li kaŝis sin en iun valon kaj tie ripozis por post mateniĝo daŭrigi la vojon. Multe li cerbumis pri tio kiel li sola solvos la aferon kun la tuta bando da rabistoj. Ne povinte ion ajn saĝe konkludi li kredis ke nun refoje al li helpos lia bona stelo.

La kvaran tagon li atingis grandan ĉevalaron, apud kiu junulo estis melkanta la ĉevalinon. Kiam Temuĝin aliris lin kaj demandis pri homoj kiuj estis pelantaj ok ĉevalojn, tiu ĉi respondis al li:

—Hodiaŭ, ĵus dum mateniĝo ĉi tie pasis tiuj, pri kiuj vi demandas. Mi montros al vi kien ili foriris.

Tuj li lasis sian laboron, donis al Temuĝin freŝan blankĉevalon kaj mem ĵetis sin sur brunĉevalon. Li aldonis:

—Amiko mia, mi vidas ke vi estas en grava malfacilaĵo. Esta vira devo helpi unu la alian en malbono. Mi deziras helpi al vi. Kaj ne nur hodiaŭ sed ĉiam, kiam vi tion bezonos. Mi deziras interfratiĝi kun vi. Mi estas Borĉu, la solfilo de Naku-bajan.

Temuĝin ne sciis kion fari, tiom li estis agrable surprizita pro la belaj vortoj de Borĉu, precipe pro lia preteco helpi. Laŭ lia opinio, jen estas tiu bona stelo pri kiu li cerbumis dum duono da nokto, kaj fidis al ĝi. Li prete respondis:

—Ĵurfrato mia, Borĉu, mi estos de hodiaŭ via fidela kamarado. Mia nomo estas Temuĝin kaj mi estas la plej aĝa viro en mia eta familio. Mi kredas ke neniu povas nin venki se ni estus unuecaj.

44

Per unu vira manpremo ili fiksis la fratiĝon. Poste, sen tempoperdo ili ekrajdis al vojo.

Dum la tuta tago ili sekvis la spurojn en la stepa herbo. Kaj samtiel ankoraŭ dum du tagojn.

Subite en fono ili ekvidis kelkajn tendojn kun rondaj ŝafejoj apud ili. Rande de ŝafejo paŝtis ok ĉevaloj.

— Borĉu, frato mia - diris Temuĝin, - jen la serĉataj ĉevaloj! Restu tie ĉi kaj mi elpelos ilin.

Sed Borĉu rediris:

—Kial mi restu? Mi venis esti via ĵurfrato, kaj tio signifas ke ni dividos eĉ la plej malbonajn momentojn, ĉu ne?

Tuj poste, ili kune atakis la ŝafejon kaj elpelis la ĉevalojn.

La homoj elkuris el tendoj, konsciiĝinte post surprizo, sursaltis ĉevalojn kaj postkuris ilin.

La pelantoj havis avantaĝon super ambaŭ ĵurfratoj. Ili ne povis tiel rapide rajdi, devante zorgi ankaŭ pri tiuj ok ĉevaloj, por ke ili ne perdiĝu. Tiel okazis ke la pelantoj pli kaj pli proksimiĝis al ili. Precipe unu el ili rajdanta sur blankĉevalo pli rapide ol la ceteraj. Tiom li proksimiĝis al fuĝantoj, minacinte atingi ilin.

Tiam Borĉu diris al sia amiko:

—Ĵurfrato, donu al mi vian pafarkon kaj la sagon, mi ekbatalos kontraŭ tiu homo.

Sed Temuĝin rediris al li:

—Mi timas, ke vi havos malbonaĵon pro mi. Mi batalos kontraŭ li.

Li turniĝis, preta elpafi la sagon. En tiu momento la pelanto haltis atendi la aliajn kamaradojn. Tiam Temuĝin denove turniĝis kaj aliris la ĵurfraton, feliĉe pro tio ke li ne devis uzi la armilon kontraŭ sia pelanto.

Ĵus tiam komencis vesperiĝi. Kiam ili iris malantaŭ laŭ monteto, Borĉu kaj Temuĝin decidis preferi blagdirekton trompi la pelantojn.

En krepusko la pelantoj ne povis ilin vidi pro tio ili baldaŭ returniĝis kaj malaperis en mallumo. Post tio la ĵurfratoj sentis sin trankvilaj. Ili malakcelis la galopon kaj kore ekridis:

— Tio ĉi sukcesis pli facile ol mi esperi povus - diris Borĉu.

—Estas facile se la homo havas ĵurfraton. Mi ne scias kiel mi tion farus sola? —aldonis Temuĝin, kaj ambaŭ denove ekridis. Ili eĉ ekkapricis kanti..

Steloj tremas, stepo ĝemas,
obskur' landon premas,
firmamento alte tendas -
kuraĝigajn stelojn sendas;
Ĉevalsturmas ventobato
ankaŭ ni kaj mia frato.

Ili denove ridis. Al ili ambaŭ ŝajnis ke ili mem elpensis la finon de ĉi tiu kanto, sed tamen tiel plaĉis al ili.

Tri tagoj da rajdado, kiuj sekvis, pasis relative rapide, ĉar la ĵurfratoj bonege kunakordis. Ili interparolis, ŝercis kaj foje eĉ ekkantis. Neniam tri tagoj al Temuĝin pasis tiel rapide kiel nun. Fine ili atingis la jurton de Borĉu, de kie ili kune estis ekirantaj.

Ili ekseliĝis por iomete ripozi. Tiam Temuĝin diris:

—Dank' al via helpo, ĵurfrato mia, mi reakiris miajn ĉevalojn. Mi deziras dividi ilin kun vi. Diru, kiom da ili vi deziras.

Sed Borĉu preskaŭ kolere respondis:

—Mi ekiris kun vi por esti via ĵurfrato kaj helpi al vi en via malfaciiaĵo. Kia estus tia helpo, se mi postulas la servopagon? Ĉu tio estas predo, ke ni dividu ilin? La ĉevaloj estas viaj, kaj viaj devas resti! Mi jam diris al vi, ke mi estas la solfilo de Naku-bajan kaj mi heredos de li, kiom sufiĉas al mi.

Tiel paŝante ili alvenis ĝis ŝafejo de Naku-bajana jurto. Kiam la domanoj ekvidis Borĉuon, ekestis grandega ĝojo, ĉar iliaj gepatroj kredis ke li malaperis por ĉiam, eĉ ili pliploris lin. Naku-bajan ploris pro la ĝojo havante apud si la solfilon. Tamen li ne povis elteni sen riproĉi lin, ĉar li malproksimiĝas tiel for de sia jurto dirante nenion pri tio. Kaj li tion faris. Vere kio okazis?

—Kio okazis? - rediris Borĉu - nenio speciala. Mia amiko en granda malfacilaĵo venis al mi. Mi decidis estiĝi lia ĵurfrato, ĉar li ekplaĉis al mi ekde la unua momento. Kaj kiel ĵurfrato mi decidis helpi al li. Jen, tio okazis, kaj nun mi estas denove hejme, patro.

—Brava knabo vi estas, mi devas konfesi. Vi scipovas estimi la amikecon kaj la ĵurfratecon, kiel mi ĉiam instruis vin. Kaj mi nun vidas ke vi akiris la ĵurfraton. Vi ne plu estos sola, eĉ kiam vi malproksimiĝas de patra jurto.

Dum la tuta tago daŭris la festeno ĉe rostita virŝafo, kumiso kaj sala teo, kaj aliaj manĝaĵoj kaj trinkaĵoj. Morgaŭ post la bona ripozo Temuĝin denove vojaĝis. Iliaj novaj amikoj bone provizis lin per manĝaĵo kaj trinkaĵo, Naku-bajan diris:

—Junaj estas vi ambaŭ! Nun kiam vi estas ĵurfratoj bone gardu unu la alian, kaj nelasante vin sola en malfeliĉo. Solidareco, multon signifas en la vivo. Unu fadenon eĉ infano povas rompi. Sed kiam plektiĝas multaj tiaj fadenoj en ŝnuregon ne ekzistas forto kiu povus disŝiri ĝin.

Fortrinkante kelkajn glutojn da kumiso, li daŭrigis:

—Granda manko de ni Mongoloj estas la malamo inter ni, la envio kaj interatakado. Se ni estus unuecaj la tuta mondo povus esti nia! Memoru tion, vi kiuj estas junaj, vi kiuj ankoraŭ povas ŝanĝi nian nunan stepan mondon.

Tiuj lastaj vortoj de Naku-bajan ankoraŭ longe resonis en oreloj de juna Temuĝin, dum li sola kun naŭ ĉevaloj, kaj la deka kiun Borĉu donacis al li, rajdis tra senfina stepo kiu nun helverdis. "La tuta mondo povus esti nia" - ripetadis Temuĝin cerbumante pri tio kiel realigi la unuecon de ĉiuj ĉirkaŭaj triboj. Fakte, li nun komprenis ke al li estas malklare, kial ili estas unu kontraŭ aliaj tiel malamikemaj. Tiaj estis la pensoj dumvojaj, kiuj amuzis aŭ ĉagrenis lin, ke li mem

47

estis surprizita ke la tempo pasis rapide. Nerimarkinte, jam li troviĝis antaŭ sia jurto, li apenaŭ rimarkis ke tri tagojn li estas rajdinta.

Ili akceptis lin kun granda ĝojo, mirante kiel li sukcesis trovi kaj repreni la ok ŝtelitajn ĉevalojn. Per tiu sukceso altiĝis lia renomo, ne nur en lia familio, sed ankaŭ ĉe tiuj kiuj nur aŭdis pri lia bravaĵo.

La morgaŭan tagon Temuĝin iris ĉasadi kun sia frato Belgutej. Ili estis bonhumoraj. En unu momento dum ripozo, Belgutej demandis sian fraton:

—Grandas la bravaĵo kiun vi faris, kaj mi sincere admiras vin! Ĉu volus klarigi al mi, kiel vi sukcesis reakiri la ĉevalojn? Mi sentas ke mi povus multon lerni de vi.

— Mi volas. Mi klarigos la sekreton de l' sukceso. La sekreto estas ke mi ne estis sola. Dum voje mi akiris amikon, ĵurfraton Borĉu-on. Kaj vi ankaŭ certe scias ke du solidaraj povas fari pli multe ol dek neunuecaj.

—Mi ne dubas ke tio estas tiel.

—Ankoraŭ io! Mi konatiĝis kun la patro de Borĉu, Naku-bajan, tre saĝa homo. Li diris se ni Mongoloj estus unuecaj inter si, la tuta mondo al ni povus aparteni.

—Kiel li tion opinias? - demandis Bejgutej.

Kiel li opiniis mi ne scias. Sed ankaŭ mi nun cerbumadas pri tio. La rigardo de Temuĝin fuĝis ien foren, kiel ondanta linio de horizonto unuiĝas kun arko de l' ĉielo.

Belgutej sekvis lian rigardon, sed nenion specialan li rimarkis tiudirekte. Tie ja estis nenio. Eĉ se estus io nekutima, tio estis en korprofundo de Temuĝin.

LA FELO KIU
ŜANĜAS LA
HISTORION

La tagoj pasadis kaj ŝajnis plibonigis la stato al familio de Temuĝin. Ne mankis al ili manĝaĵo kaj ankaŭ la najbaroj ĉesis ĝeni ilin.

Iun tagon la familio decidis forporti sian jurton por iri kaj serĉi Borte-on, la fianĉinon de Temuĝin, por venigi ŝin al si.

Por tiu vojaĝo ili elektis pli longan, sed pli certan vojon. Ili ne havis kialon rapidi, pro tio ili ne hastis. Verdire, ili eĉ ne povis alimaniere, ĉar la ĉevaloj estis ŝarĝitaj per la tendo kaj alia posedaĵo de familio. Dum voje ili ankaŭ ĉasadis kaj vespere faris fajron kaj rostis la ĉasaĵon.

La sepan tagon ili ekvidis en foro blankan jurtejon de tribo Olkunout, tio ĝojegis ilin. Ĝojkaŭzoj ja estis pluraj. Temuĝin venas por sia fianĉino Hoelun, lia patrino venas al sia tribo, al homoj inter kiuj ŝi kune kreskis sed kiujn ekde infanaĝo ne vidis. Ankaŭ la junaj fratoj de Temuĝin, ĝojis pro la konatiĝo kun la homoj, pri kiuj ili jam multon aŭskultis de sia patrino.

Dejseĉen akceptis ilin kun granda ĝojo kaj honoro kiujn meritas la eminentaj parencoj. Borte - kiu intertempe elkre-

49

skis kaj estiĝis vera belulino - pudore, sed ĝoje, venis saluti la gastojn. Dum la sekvontaj du tagoj, la jurto de Dejseĉen estis la plej grava en la jurtejbivako. La parencoj de Hoelun venadis unu post aliaj por vidi ŝin, kaj interparoli kun ŝi. Ili revokis memorojn, la travivaĵoj bonaj kaj malaj, el infana kaj el ŝia fraŭlina aĝo. La babilado kaj ridado estis nefinebla.

Ŝi estis invitata al la aliaj jurtoj, kaj ŝi vizitis ĉiujn laŭvice. Dume, ŝiaj infanoj konatiĝis kaj amikiĝis kun siaj samaĝuloj.

La kvaran tagon venis la momento por geedziĝo. Tio estis solena momento en kiu estis la parencoj kaj la amikoj solenvestitaj, la lamao balbutis nekopreneblajn vortojn foj-foje blovante al la kornon.

Ĉiuj kune kantis la edziĝfestan kanton, sekvis trinkado kaj manĝado.

Temuĝin kaj Borte ankaŭ estis solene vestitaj. Ili staris unu apud alia, sed sekrete iam-tiam ili kaŝrigardis unu la alian.

Laŭ la malnova kutimo, la patrino de Borte donacis al la familio de junedzo valoran peltomantelon. Verdire, tiun peltmantelon devus ricevi la patro de junedzo. Sed Jusigej delonge jam estas mortinta. Tial- je la nomo de sia familio, la valoran donacon transprenis mem Temuĝin - dum li karesante per fingroj la veluran surfacon de pelto, en lia vasta imago, ĝermis planoj pri kiuj laŭte li ne kuraĝis paroli, ĉar al ĉiuj ili povis ŝajni tro fantaziaj.

Sed li ne zorgis pri tio kion aliaj homoj povus opinii. Li decidis realigi siajn planojn.

Unu tagon post festo, la familio kunprenis siajn aĵojn kaj kune kun Borte reiris la vojon al regiono kie ili jam antaŭe vivis.

La juna Borte rapide adaptiĝis al nova familio. Ŝi estis lerta, milda kaj tre helpinta al sia bopatrino en zorgo pri familio.

Post iu tempo, Temuĝin preparis sin al vojo por viziti malnovan kaj eminentan amikon de sia patro, Toril-ĥanon,

la estron de tribo Kereita. Kvankam surprizita Toril-ĥano amike akceptis la simpatian junulon. Sed la vera surprizo nur sekvas.

Post la konvencie afablaj vortoj, Temuĝin, ambaŭmane kiel mongolkutime oni transdonas la donacojn, la peltmantelon, faritan el valorega felo, donis al ĥano, kun estimplenaj vortoj diris:

—Estimata Toril-ĥano, mi petas vin akceptu tiun ĉi donacon kiel simbolon de estimo de mia familio al vi.

Al Toril-ĥano larĝe malfermiĝis la okuloj pro la surprizo. Kial tiom valora donaco de iu, kiu neniom ŝuldas al li? Sed la klarigo de la junulo tuj sekvis:

—Tiun ĉi pelton mi recevis kiel edziĝfestan donacon de mia bopatrino, - kaj laŭ nia kutimo - ĝi devus aparteni al mia patro. Sed - ĉar mia patro jam delonge ne estas inter la vivantoj - mi preferus ke lia amiko estu mia adoptopatro. Kaj tial al vi Toril-ĥano, estas destinata tiu ĉi donaco.

Ekzaltita pro donacbeleco kaj per atentemo kiun la junulo esprimis al li, Toril-ĥano deklaris ke li ĝoje akceptas la patrecon, kaj klopodon anstataŭigi la bravan amikon Jisugejon, se tio estus necesa.

Al sia novadoptita dommastro prezentis la honorlokon apud si, en jurtofono kie li ankaŭ sidiĝis. Du junaj virinoj regalis per kumiso, kaj sekve per diversaj manĝaĵoj kiuj ŝajnis al Temuĝin tro luksaj, ĉar iujn el ili li eĉ ne konis, kvankam li kreskis en tiu sama stepo. Ĉio estis prezentita en la fajnaj porcelanaj ujoj faritaj en Ĉinio, kiajn ĝis nun Temuĝin ne havis okazon vidi.

Kvankam ĉio tio impresis forte la junulon, eĉ por unu momento ne perdis el konsidero la celon kiun li starigis al si. Post la kutima babilado pri vetero, ĉevaloj kaj pri sano, Temuĝin rakontis al sia nova adoptopatro, ke la parencoj forlasis la familion post la morto de lia patro, kaj ĝi restis sola, kiel senprotekta predo por ĉiu, kiu volus ataki ĝin, kaj tiaj estas multaj.

—Estus bonege, se denove la servistoj kaj parencoj kolektiĝus ĉirkaŭ mia familio. Spaco sufiĉas en nia regiono, kaj mi deziras vivi en paco kun ili ĉiuj. Adoptopatro mia, Toril-ĥano, mi kredas ke via reputacio povus multon kontribui al realiĝo de tio.

—Mi komprenas, adoptofilo mia, kaj mi volonte helpos al vi, kiam ajn vi tion bezonas. Kiam vi taksos momenton trafa, vi sendu viajn kurierojn al mi, kaj mi disponigos al vi miajn homojn. Por nun, eĉ Temuĝin ne povis esperi pli ol tion.

Li estis kontenta forlasinte sian adoptopatron, kaj la vojo hejmen ŝajnis tiel mallonga, kvazaŭ li perflugiloj alŝvebis.

Ne pasis multe da tempo, kaj aperis novaj malbonaĵoj.

'Tajĉiutoj, kiuj neniam akceptis la fuĝon de Temuĝin, ĉar ili tion taksis kiel ilian grandan honton, denove atakis la familion, kun intenco pereigi ĝin. Al eta familio denove restis nenio alia, ol haste refuĝi en arbustaĵon de proksima arbaro.

La viroj kaj virinoj, same kuregis sur siaj ĉevaloj. Nur Borte estis en ĉaro veturanta, kaŝita sub ŝarĝo da lano. Akompanata de iu maljunulino.

Ili ankaŭ kredeble ĝustatempe atingus la rifuĝejon, se intertempe ne rompiĝus la akso de ilia ĉaro. Ili postrestis duonvoje, ne sciante kion entrepreni, sciante ke la rajdantoj ne helpos ilin, ĉar ankaŭ ili mem estis en danĝero.

La malamike inicititaj pelantoj baldaŭ atingis la ĉaron. Ili ne bezonis longan tempon por konstati, ke sub la lano estas io kaŝita. Skrapserĉe el'lano ili eltiris Borte-on, kaj kaptinte ŝin, ili sin vengis al la familio de Temuĝin.

La familio redutiĝis meze de l' arbaro, kune kun kelkaj parencoj kaj servistoj kiuj intertempe, helpe de Toril-ĥano, revenis. Nun la defendo estis multe pli forta ol kiam Temuĝin estis ankoraŭ knabo, kaj la familio soleca.

Temuĝin sendis kurieron al sia adoptpatro, por memorigi lin pri la promeso ke li volonte helpos okaze de danĝero, kaj informi ke la helpo estas ĵus nun bezonata.

La alian kurieron li sendis al sia amiko de infanaĝo al sia ĵurfrato Ĝamuki, por peti ankaŭ lian helpon. Verdire, li jam delonge ne renkontis Ĝamukon, sed li esperis ke la ĵurfrato ne forgesis lin.

Certe, kuriero proponis al li aliancon ankoraŭ por la aliaj entreprenoj pri kiujn ili poste priparolos persone.

Ambaŭ volonte konsentis. Ili persone alvenis kun kelkdekoj da sagpafistoj kiuj tuj dispelis la agresemajn atakantojn.

⁻·· Kaj dum la sagistoj - ĉe bone manĝo kaj trinko - kiujn ili mem alportis, regalis sin okaze de venko Temuĝin vokis Toril-ĥanon kaj Ĝamukon sub sian jurton por interparolo.

—Amikoj miaj, adoptparto kaj ĵurfrato, diris Temuĝin, mi povus danki vin pro via rapida kaj sukcesa helpo en momẹnto kiam mi troviĝis en malbonaĵo. Sed mi tion ne faros. Anstataŭ tio, mi proponas mian helpon kiam ajn mi povus al vi utila esti. Vere, mi nun ankoraŭ havas ne multajn homojn, sed mi kredas ke post tiu ĉi okazaĵo, revenos ankaŭ la aliaj familianoj al siaj malnovaj fajrejoj kaj nia forto denove iom signifos en nia regiono.

Po unu vazo da kumiso bone refreŝigis la gorĝojn de interparolantoj. Tiam Temuĝin daŭrigis:

—Mi proponas ke ni faru kontrakton pri reciproka helpo en ĉiuj entreprenoj. Mi ellernis de iu saĝulo ke nur la unueco faros nin valorajn. Se ni Mongoloj ĉiuj estos unuecaj, la tuta mondo povus esti nia!

Ĉi lastan opinion la junulo elparolis tiom arde ke neniu povis dubi pri ĝia vereco.

La amikoj ekstaris, ĉiu el ili prenis la manojn de aliaj du kaj tiel faris fortan ĉenon el kruciĝitaj manoj. Ili ĵuris aliancon en bono kaj malbono.

* * * *

Eksilentis la lamao-bibliotekisto. El proksimaj budaismaj temploj aŭdiĝis sonoj de trompeto kaj zimbalo kiuj konsistigas parton de la preĝa ceremonio. Sonoj foraj ŝajne eksterteraj. En momento ŝajnis al mi aŭdi stepajn ventojn, tintadon de sabroj kaj sagfajfadon tra brancaro.

Ankaŭ la monako aŭskultis kun atento tiun misteran muzikon. Lia vizaĝo estiĝis rigida kaj la rigardon fraŭdis vakuo.

Mi ne scias ĉu li ripetadis en si la preĝojn kiujn liaj kolegoj deklamis en la preĝejo, aŭ liaj pensoj estis ĉe la juna kaj kuraĝa Temuĝin kaj lia tacmento. Tio daŭris iom da tempo, sed mi volis rompi nek liajn pensojn, nek liajn sentojn.

Kiam ĉiuj sonoj mallaŭtiĝis kaj silento ekregis monakejon Erdeni-dzu, la temo pri "Sekreta Historio de Mongoloj" denove ekvivis sur lipoj de monako.

Lia mallaŭta voĉo, kvazaŭ venanta el profundo de malnova historio, denove plenigis la ejon.

LA TRIOPA
ALIANCO ESTIĜAS
NEVENKEBLA

La flaviĝintaj folioj de "Ruĝa Kroniko" daŭre parolas pri la triopa alianco inter Temuĝino, Toril-ĥano kaj Ĝamuko. Tiel unuiĝintaj ili ekestis nevenkeblaj, kontraŭstare al nehomogenaj klanoj de mongolaj stepoj.

La unua komuna entrepreno de triopa alianco, estis militiro kontraŭ Tajĉiutoj: kun intenco el tiu medio forpeli ilian klanon kiu jam du foje atakis kontraŭ la familio de Temuĝin por ĉese neniigi ilin.

La aliancanoj decidis ataki Tajĉiutojn eksterni ĝin dum vespero, kiam ili estas malplej pretaj sindefende.

—Eble tiel eĉ ne okazos vera batalo - diris Temuĝin. - Ni evitos murdadon se ne estos necese.

La aliancanoj kun siaj homoj ĉirkaŭis la bivakon de Tajĉiutoj nur de du flankoj por donu al ili eblecon eskapi. Aŭdinte batalkriadon el malproksimo, Tajĉiutoj haste preparis sin por fuĝo. Ili eĉ sukcesis siajn tendojn sur ĉarojn ŝarĝi kaj tiel fuĝis al direkto kiun la atakintoj lasis malfermi-
.tan.

La atakantoj persekutis ilin, sed ne kun intenco mortigi aŭ kapti ilin, sed nur por simple forpeli ilin plej foren el tiu regiono.

Sed Temuĝin krom ĉiu milita celo, portis en si ankaŭ unu sekretan intencon, pri kiu al neniu parolis. Li sciis, verdire, ke lia edzino Borte ĉe Tajĉiutoj estas de tiu tago, kiam ili kaptis ŝin. Li sciis ke ŝi estas kun tiuj fuĝantoj sed kiel trovi ŝin en tiu paniko?

Temuĝin per sia ĉevalo kuregis antaŭen ĝis unuaj fuĝantoj, haltis proksime al la vojo laŭ kiu la Tajĉiutoj fuĝis kaj ekkriegis el plena gorĝo: "Borte, kie vi estas? Borte, respondu!"

·· Kaj preskaŭ miraklo okazis, la juna virino aŭdis sian nomon, kaj rekonis la voĉon de sia edzo. Baldaŭ ŝi ekvidis lian silueton kiun konturis la fono de l'stelplena ĉielo. Dum ŝi kuris al li renkonten li ankaŭ elsaltis de sur la ĉevalo kaj ĵetis sin en la reciprokan ĉirkaŭbrakon.

La fuĝantoj tion eĉ ne rimarkis, tiom ili estis okupitaj pri sia malbono kaj panike fuĝis.

Temuĝin por Borte tuj trovis rizervan ĉevalon, kaj de tiam ŝi rajdis apud li dum la tuta nokto, ĝis decido de aliancanoj rezigni de la pluan peladon. Ili nur sekvigis al ili kurieron kun admono ke neniam plu revenu al tiu ĉi regiono, ĉar tiam ili estos perforte forpelitaj kun eble pli granda perdo ol nun.

Estas realigita la espero de Temuĝin. Iamaj servistoj de lia patro, ankaŭ la parencoj iam kun ili vivantaj, revenis kaj starigis siajn jurtojn proksime al Temuĝin. Tiel disvastiĝis la famo pri sukcesoj de Temuĝin ke ankaŭ aliaj, pli malproksimaj parencoj, eĉ tutaj etklanoj alvenadis por proponi al li aliancon. Tiel la klano de Temuĝin estiĝis granda kaj forta, samkiel la klanoj de liaj aliancoj.

— Se via patro povus vidi vin, - diris la patrino de Temuĝin, - kiu multon trasuferis kun li - li estus fiera pro sia potenca filo.

La aliancoj poste iris renkonten al aliaj klanoj kaj triboj, kelkajn el ili sukcesinte persvadi por unuiĝo. Ili estis impresataj pri Temuĝin pruvinte al ili celon de unueco, precipe kiam li kun grandkredo mesaĝis sian ideon: "Se ni ĉiuj Mongoloj unuiĝus, la tuta mondo povus esti nia!"

Kiu scias ĉu li mem kredis je la vortojn kiujn li elparolis. Sed gravas, ke la aliaj ekkredis tion sen troa cerbumado kaj aliĝis al triba alianco. Tiom sugesto povon enhavis la vortoj de junulo, ke ankaŭ li mem komencis iom post iom esti konscia pri tio.

Sed la aliaj, nekutimintaj unuiĝi, sed preferintaj batalojn, kaj malamikecojn rezistis. Kontraŭ ili la aliancanoj entreprenis militiron kaj perforte devigis ilin alianciĝi.

Tiel, pli kaj pli kreskis la mongola soldataro kiun timis eĉ la plej malproksimaj triboj en tiuj vastaj mongolaj stepoj.

Dum plenaj du jaroj la triopo ĉie sekvis unu la alian, kaj iliaj familioj starigis jurtojn en proksimeco. Al ĉiuj ŝajnis ke la alianco estas nerompebla.

Tiam iun tagon Ĝamuka diris al Temuĝin, sia ĵurfrato:

—Starigu niajn jurtojn proksime al la montaro, por ke niaj paŝtistoj kiuj paŝtas la brutarojn en montaro povu pli facile subiri al ni. Ni starigu la bivakon proksime al rivereto, por ke niaj ŝafistoj povu pli facile akiri la nutraĵon.

Temuĝin ne komprenis la signifon de ĵurfrataj vortoj kaj profunde ekmeditis. Al kiu stranga loko ili ja deziras relokigi siajn jurtojn?

Post longa cerbumado, li iris al la jurto kie la virinoj kunvenis pro iu komuna laboro. Li rakontis al ili kion proponis lia ĵurfrato kaj konsultis ilian opinion.

La virinoj sentis ke la vortoj de Ĝamuko havas iun sekretan signifon, sed eĉ ne unu kuraĝis ion diri konkretan. Tiam Borte ekparolis:

—Nu, se neniu el vi scias la signifon de tiuj vortoj vi aŭdu min:

—Via ĵurfrato jam delonge ne simpatias nin, kaj nun venis la tempo kiam ni eĉ ĝenas lin. En liaj vortoj estas kaŝitaj ĝuste tiuj sentoj. Estus la plej bone, ke ni dumnokte kunprenus niajn tendojn kaj iru for de ĉi tie. Tiel Ĝamuko plifacile regos super montaraj gentoj kaj li plifacile akiros nutraĵon por siaj homoj, ĉar ili restos tiam malplimultaj.

La aliaj virinoj akceptis tiun klarigon. Ili jam rimarkis ke Ĝamuko estus pli feliĉa for de Temuĝin, kiu iamaniere ĵetas ombron sur lian bravecon.

Temuĝin akceptis la konsilojn de la virinoj. Sed, antaŭ ol findecidi, li vokis alian sian aliancanon, Toril-ĥanon. Li prezentis la proponon de Ĝamuka kaj klarigon de Borte. Post ioma cerbumado li konsentis kun propono de Temuĝin kaj akceptis lian inviton al komuna foriro.

Tiel, dum nokte, la plej parto da bivako estis levita, ĉiuj ĉaroj estis ŝarĝitaj per jurtoj, ĉevaloj estis seligitaj plej senbrue. Ili foriris tiom silente ke tion rimarkis neniu el homoj de Ĝamuka, kaj malplej Ĝamuko mem.

Estas vero, ke li lasta tempe montris la signojn de ĵaluzo rilate al Temuĝin, kaj strebon estigi la sola mastro de la tuta grupo. Sed ĉu li - per sia propono - deziris diri ĝuste tion, kion klarigis Borte, tio neniam estos pruvebla.

Post kelktaga serĉado de konvena loko por jurtejo, avangardo proponis starigi la jurtojn sur vasta altebenaĵo, kun milda deklivo kaj taŭga paŝtejo por ĉevaloj, mem subpiede al montareta regiono. Tie proksimis alflurivero de Selenga kun freŝa pura akvo kun abundo da fiŝoj, kiel ili poste povis konstati.

Temuĝin cerbumis: "Jen, ĝusta loko kian proponis mia ĵurfrato. Ĉu li ne diris laŭvorte tion pri kio li pensis?"

Dum iu tempo li sentis konsciencriproĉon ĉar li ne deziris esti maljusta al amiko. Sed tiu penso rapide forlasis lin, ĉar aliaj, novaj ideoj ekregis lian spiriton. Li devis plu iri por realigi aliajn, pli altajn celojn.

Du aliancanoj decidis entrepreni konkermiliton kontraŭ la Tataroj, ĉar ili ne akceptis esti amikoj kaj ambaŭ flanke rehelpadi al soldataro de Temuĝin kaj Toril-ĥano.

60

Temuĝin apenaŭ atendis tion. Li havis kun ili ankaŭ la personan finkalkulon. Li sentis kiel la devon venĝi la murdon de sia patro Jusigejo, kiun ĝuste la Tataroj venenigis kiam li trairis ilian landon. Kaj la venĝo estis ebla nur per milito, sed neniel per amikeco, aŭ alianco.

La unuiĝintaj mongolaj gentoj sub komuna estrado de juna kaj arda Temuĝin kaj pli aĝa, sperta Toril-ĥano konsistigis la soldataron kiun la Tataroj ne povis kontraŭstari.

La soldataro tranoktis en iu valo, proksima al tatara bivako kaj dum la mateniĝo, antaŭ sunleviĝo, komencis atako. Parto da atakantoj faris la sieĝon kaj kun sturmkriado faris grandan embarason inter Tataroj kiu baldaŭ kulminis al paniko.

La dua parto de la soldataro transiris al la rekta atako, frakasinte ĉiun baron sur ilia vojo.

Rifuzinte akcepti aliancon la Tataroj atendis atakon, sed ili ne konjektis ke tio okazos tiom rapide kaj ŝtorme. La gardistoj en kelkaj lokoj ĉirkaŭaj, ankoraŭ trankvile dormis kaj inter ili la Mongoloj povis facile penetri.

La batalkolizio daŭris kvar tagojn. La Tataroj rezistis esperinte helpon de aliaj tataraj triboj. Sed, inter ili la malkonkordo estis samforta kiel inter Mongoloj kaj neniu tribo rapidis helpi. Finfine la atakitaj triboj kapitulacis, sed kiam la batalkampo jam estis plena da kadavroj kaj la jurtoj preskaŭ ĉiuj estis forbruligitaj.

Mizere aspektis eĉ persone la Tatara - ĥano mem, kiam li kun du siaj helpantoj, alvenis transdoni siajn glavojn al Toril-ĥano kaj Temuĝin, kiel simbolon de sia kapitulaco.

Temuĝin taksis ke la morto de lia patro estas digne venĝita, kaj li sufiĉe humiligis tiujn fierajn mastrojn de la stepo. Pro tio li ordonis, ke oni neniun plu minacu, kaj lasu Tatarojn ordigi sin kiom eblas por ke ili daŭrigu normalan vivon.

Kiam aliaj tataraj triboj aŭdis pri tiu malvenko de siaj fratoj, ili sendis siajn kurierojn al bivako de venkintoj kun oferto de amikeco kaj humiliĝo sub ilia regado.

La aliancanoj tion nature akceptis kun ĝojo ĉar nun ilia regado etindis sin super ĉiuj mongolaj kaj tataraj triboj kiu signifis ne nur vastegan teritorion sed, ankaŭ potencan sol-dataron. Tiom fortan ke la historio ne memoras al ĝi egalan en Azio.

LA POTENCA
MILITESTRO
APERAS

En tiu tempo, okazis ke la filo de Toril-ĥano, estiĝis ĵaluza kontraŭ Temuĝin. Ili estis samaĝuloj, sed dum Temuĝin kolektis la tribojn kaj submetis ilin al sia estrado, akumulante la potencon, de tago al tago, li, la filo de ĥano, ankoraŭ knabece nur sekvis la paŝojn de sia patro kaj restis nekonata.

Persvadis sian patron ion entrepreni kontraŭ Temuĝin por elimini lin, ĉar li estas nesincera kaj profitanta ilin por estiĝi supera.

Li tiom ege kolumniis Temuĝinon antaŭ sia patro, ke la ĥano komencis ekkredi la danĝeron kiu minacas lin de Temuĝin. Li decidis ion entrepreni kontraŭ li.

Toril-ĥano konanta aŭdacon de sia aliancano, estis konscia ke la konflikto inter ili povus esti longdaŭra kaj tre danĝera por li kaj lia tuta familio. Pro tio li decidis peti helpon de ilia iam komuna aliancano Ĝamuko.

Ĝamuko akceptis la inviton kaj translokiĝis kun siaj homoj en proksimon de Toril-ĥano por ke ili povu pli facile konsenti kiam kaj kiel estas plej oportune ataki sian danĝeran rivalon.

Sed tiu rivalo montriĝis pli danĝera ol ili povis konjekti: Li estis, ne nur aŭdaca militestro, sed ankaŭ sperta kaj ruzega diplomato. Eksciinte kion preparas la eksaliancanoj kontraŭ li, li sendis la fidindajn homojn al iliaj bivakoj ke ili lanĉu la informon kvazaŭ nek por Toril-ĥano, nek por Ĝamuko estas fidinda tiu alianco ĉar ambaŭ ili nur deziras misuzi la aliancon por post la venko super Temuĝin elimini ankaŭ la alian por mem kapti la tutan potencon.

Semo de l' malfido estis ĵetita en la fekundan grundon. Mongoloj ĉiam estis la viktimoj de tiaj perfidoj kaj trompaĵoj, interrilataj atakoj kun amikoj kaj aliancanoj. Tiel kaj Ĝamuko kaj Toril-ĥano facilanime ekkredis ke la alianco dezirus trompi lin.

Kiam, pere de siaj spionoj Temuĝin, taksis ke la malkonkordo inter aliancanoj jam estas sufiĉe grava, ke la malefiko super regis ilin, kun sia soldataro li unue sieĝis Ĝamukon, kaj devigis lin al obeemo, poste la saman manovron aplikis kontraŭ Toril-ĥano. Persone enirinte lian jurton por senarmigi la ĥanon, ne preterlasinte okazon por riproĉi kaj humiligi lin.

—Ni ĵuris unu al alia fidelecon, kaj nun vi komplotis kun alia por elimini min. Hontu, Toril-ĥano! Se mi ne estus bone memoranta vian helpon en la tempo kiam mi estis sola kaj malforta mi povus alimetode trakti vin kaj vian gloravidan fllon. Nun, kion mi nun diru al vi? Retenu tiun ĉi glavon, kaj gvidu plu vian popolon, sed nur tiel kiel mi ordonos al vi! Sed estu tre singarda ne plu ekpensu ribeli kontraŭ mi, ĉar vi tion ne travivos.

La sperta militestro akceptis tiun malvenkon ankaŭ pro dankemo ke Temuĝin lasis lin viva, kaj ĵuris ke de nun li batalos nur favore al Temuĝin.

Per tio sub la estreco de Temuĝin troviĝis ne nur la plej multo da mongolaj triboj, sed ankaŭ Tataroj, Kereitoj, kaj Merkitoj, ĉiuj ĉi popoloj vivis en vasta teritorio de mongolaj stepoj.

Ĝamuko sukcesis nerimarkite eskapi el sia jurto. Li serĉis la genton de Najmanoj kaj ĉe ili komencis komploti kontraŭ Temuĝin kaj ankaŭ helpe de Ongutokoj. Ĵus eksciante tion, Temuĝin ne atendis ke ili venu ataki lin. Male laŭ sia kutimo, li rapide reagis, kaj antaŭ ol ili sukcesus finkomploti, li sukcesis per konvenaj promesoj korupti la Ongutokojn, kun kiuj poste li kune atakis Najmanojn kaj superregis ilin.

Al la periferiaj memstaraj etpopoloj - kiaj estas Kirgizoj kaj merkitaj grupoj - restis nenio alia ol direkti siajn senditojn al Temuĝin por deklari humilecon.

La jaroj pasis. Preter tiuj bataloj kaj politikaj manovroj en kiuj Temuĝin estis implikita, la paŝtistoj plu gvidis sian brutaron al riĉaj montaraj paŝtejoj, dum sufokaj someroj kaj malsupren venis kun ili al ebenaĵoj, dumvintre. La vivo de nomadoj iris laŭ kutima vojo.

Iun tagon aŭdiĝis ke oni kunvokis "Grandan Kuriltaj"-on, deputitaron de mongolaj feŭdaj nobeloj, por la elekto de ĉefĥano kiun ĉiuj mongolaj triboj kaj la aliancanoj devos obei.

La Granda Kuriltajo kunvenis. Kaj tiam jam estis tute nature ke la nobeloj elektis homon, kiu jam praktike regis ĉiujn tribojn, kaj kiu per sia heroeco kaj spriteco elvokis admiron de ĉiuj popoloj, loĝantaj en aziaj stepoj. Tiu estis Temuĝin. Kiel la estro de ĉiuj Mongoloj oni donis al li titolon Granda ĥano aŭ Ĝenĝis-ĥano (Ĝingis-ĥano).

Sub tiu nomo li eniris la historion.

Kiam Ĝenĝis-ĥano akceptis la titolon kaj la devon, li mesaĝis, mallonge:

— Nobeloj kaj militestroj, estroj de triboj kaj klanoj, aŭskultu min! Se vi jam elektis min, mi estos via Granda ĥano! Sed sub unu kondiĉo: ke ni ĉiam ĉiukaze estu solidaraj ĉar, memoru tion, kiam ni ĉiuj Mongoloj unuiĝos... la tuta mondo povos esti nia!

Tio okazis en la jaro 1206, en la kvindekunua vivjaro de homo, kiu, jen tiel, el persekutata kaj turmentata knabo

Temuĝin, estiĝis granda mastro de mongolaj stepoj kaj popoloj. Sed, tio estas nur la komenco de l'rakonto.

En sekvontaj jaroj li donis la ŝtatordon kaj la leĝojn al la nomada popolo.

Li organizis armeon taĉmente kaj regimente kaj kun ili ekiris al konkerajn invadojn, submetante al sia potenco preskaŭ tutan Azion, kaj duonon da Eŭropo.

En tiuj invadoj naskiĝis la plej granda imperio kiun la historio konas: de la Ĉina ĝis Adriatika maroj.

* * * *

La suno jam delonge malleviĝis malantaŭ de ruinoj de malnova Karakorum, la iama tronurbo de Ĝenĝis-ĥano, kies muregojn oni povas vidi el interno de monakejo Erdeni-dzu.

La monakoj jam delonge foriris dormi kaj ankaŭ la petrolo ekmankas en lampo. La rakonto el "Sekreta Hostorio de Mogoloj" devas esti daŭrigota alian fojon.

La lamao-bibliotekisto, envolvita per malhelruĝa lanŝtofa mantelo gvidis min al unu el monakaj ĉeloj, kun modesta lito el fero. Per la senvorta kapkliniĝo li deziris al mi bonan nokton kaj lasis min solan, en mallumo.

Sed momenton poste, kiam miaj okuloj iom adaptiĝis al la mallumo, mi ekvidis etan fenestron. Mi klinis mian vizaĝon en tiun aperturon.

Antaŭ mi montriĝis la ĉielo kun miloj da tremantaj lampiroj, kaj sub ili la senfina stepo surkreskita per herboj.

Ĝi estis la stepo en kiu kreiĝis la plurjarcenta historio.

Tio estis la stepo de Temuĝin.

ENHAVO

TIBOR SEKELJ
1912-1988

LA VERKOJ DE TIBOR SEKELJ ELDONITAJ EN ESPERANTO

1. "LA TROVITA FELIĈO" - novelo legebla por kursfinintoj.Eld. Progreso, Buenos Aires, 1945. 20 p.

2. "NEPALO MALFERMAS LA PORDON", Eld. J.Règulo Pèrez, La Laguna, 1959, 212 p. Tradukita en serbokroatan kaj hispanan.

3. "TEMPESTO SUPER AKONKAGVO" Trad. el hispana Hugo E. Garotte, eld. Serbia Esperanto-Ligo, 1959.

4. "KORESPONDA KURSO", eld. en 1955 kaj 1970 por serbaj, hispanaj kaj hungaraj lernantoj de Esperanto.

5. "AŬDVIDA METODO POR ESPERANTO", kune kun Antonije Sekelj, eld. IOE 1968. reeldono de ILEI.

6. "TRA LANDO DE INDIANOJ", trad. el hispana Ernesto Sonnenfeld, eld. Eldona societo Esperanto, Malmö, 1970.

7. "PREMIITAJ KAJ ALIAJ NOVELOJ", 7 noveloj, eld. de IKS 1974, 52 p.

8. "RIDU PER ESPERANTO", IKS, Zagreb, 55 p.

9. KUMEŬAŬA, LA FILO DE LA ĜANGALO", eld. TK-stafeto, 1979, 95 p. Tradukoj en 14 lingvojn.

10. "MONDO DE TRAVIVAĴOJ", Edistudio 1981, 286 p.

11. "ELPAFU LA SAGON" (El al buŝa poezio de la mondo), UEA 1983, 187 p.

12. "LA MONDO DE T. SEKELJ" - kun lignogravuraĵoj de Andrusko K. 5 minilibroj 4 x 5 cm entute 300 p.

13. "ĜAMBO RAFIKI", Edistudio 1991, 176 p.

14. "KOLEKTANTO DE ĈIELARKOJ", Edistudio, 1993, 120 p.

KAJ

En via mano ĝis nun ne konata junulromano kiun eldonis la Urba Biblioteko en Subotica 1979. (en nur 500 ekzempleroj) serblingve kiun mi kun granda ĝuo esperantigis memore al kara amiko Tibor Sekelj.

YU - ISBN 86-901073-4-7